나도 내가 처음이라

나도 내가 처음이라

전효성 에세이

STUDIO:ODR

차
례

우울해질 때는 무엇이 됐든 '좋아하려고' 한다.
그러면 새로운 것을 하고 싶어지고, 기꺼이 이해할 마음도
불편함을 감수하는 어른스러움도 제자리로 돌아온다.

그저
따뜻한
것들

Part 1

내 인생에 블링달링

나에게는 두 마리의 고양이가 있다.

첫째인 블링이는 수다냥이다. 하고 싶은 얘기가 있으면 문 앞으로 가서 두 발로 문을 열어 '쾅' 소리를 내고는 나를 쳐다본다. 그마저도 성에 안 찰 때는 문 앞에서 야옹야옹 말을 하기 시작한다. 집사인 나를 닮았는지 애정을 주는 대상은 오로지 나 하나뿐이어서, 엄마와 나의 발소리를 기가 막히게 구분해낸다. 엄마가 도어록 비밀번호를 누르고 들어올 때는 왔는가 하고 눈길만 주면서 내가 퇴근하고 돌아오면, 자다가도 벌떡 일어나 졸린 눈을 하고 오도도 달려와 중문에서부터 나에게 헤드번팅을 하려고 왔다 갔다 한다. 그 모습은 정말이지 너무 사랑스러워서 혼자 보기 아깝다. 영화로 제작해서 매일 돌려보고 싶을 정도다.

둘째 달링이는 배려심이 많다. 블링이가 한쪽 시력이 없고, 몇 개월 형이라는 걸 아는 것일까. 침대에서 내 옆자리는 늘 블링이에게 양보한다. 간식을 먹을 때도 두 번째로, 퇴근하고 들어와 인사할 때도 블링이가 인사를 다 마칠 때까지 기다려준다. 자기 차례가 오면 어디서든 배를 발라당 까고 드러누워서 손발까지 쭉 펴고는 나를 향해 고개를 갸웃갸웃한다. 고것이 매번 기특하고 예뻐서 정말 어쩔 줄을 모르겠다. 가끔, 다른 집사들 얘기를 들어보면 합사에 실패해서 사납게 싸우거나 서로 미워하기도 한다는데 이 아이들은 사이좋게 우다다 하는 것이 전부라, 하악질도 1년에 한 번 병원 갈 때나 볼 수 있을까 말까다.

'고양이는 도도하다'는 말은 고양이를 잘 모르는 사람들이나 하는 소리다. 집사 인생 4년 차로서 말하건대, 고양이는 적당히 독립적일 뿐 애정이나 그 표현만큼은 내가 늘 부족하고 배울 점이 훨씬 더 많다. 아니 오히려 사랑꾼이다. 사랑꾼.

내 인생에 있어 애교라고는 자본주의에 굴복해 억지로 짜낸 것이 전부였는데, 이 아이들을 만나고부터는 나도 모르게 자발적으로 요상한 목소리가 나온다. 아이들과 대화하고 싶은 꿈을 포기하지 못해, 되도 않는 야옹이 소리를 따라 하며 끊임없이 대화를 시도한다. 가끔은 정말 알아들을 때도 있는 것 같다.

바짝 세워 살랑살랑 흔드는 꼬리, 안아주길 기다리며 내게 시선이 고정되어 있는 눈, 밖에서 뭘 하고 왔는지 확인하느라 바쁘게 킁킁대는 코와 쉴 새 없이 움직이는 수염, 비로소 안아주면 왜 이제 왔냐고 야옹 하는 소리까지. 아이들은 매일매일 내가 좋다고, 나만 기다렸다고 온몸으로 말해준다. 이름을 부를 땐 귀찮아서 대답하지는 않아도 신경 쓰고 있는 귀와 반응하는 꼬리는 감춰지지가 않는데, 그 자체만으로도 과하게 귀여워서 입을 틀어막고 오열하고 싶을 정도다. 고 작은 것이 따뜻하기는 어쩌나 따뜻한지, 안고 있으면 오히려 아이들에게 안겨 있는 느낌이 든다. 그리고 들려오는 새근새근 숨 쉬는 소리와 심장 소리. 그냥 안고만 있어도 위안이 된다. 정말 고양이는 세상을 구하는 존재가 틀림없다.

그러니 일을 하는 중에도 머릿속은 늘 블링이, 달링이가 1순위고 작은 것을 안고 있으면 오히려 안겨 있는 느낌이 든다.

정말 고양이는 세상을 구하는 존재가 틀림없다.

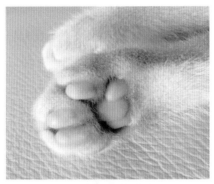

내가 방금 일어나 부스스해도, 인기가 떨어지거나 실수를 해도,

이 아이들은 나니까, 나라는 이유만으로 아낌없이 사랑해준다.

로 독차지하고 있다. 집사가 된 후 칼퇴는 필수이자 기본이 됐다. 워커홀릭이던 나를 집순이로, 그저 집사로 살고 싶게 해준 아이들이다.

어쩌면 사람에게 많이 지쳐 있던 때에 이 아이들을 만나 상상도 못할 사랑을 넘치게 받아서 내게 이렇게 특별한지도 모르겠다. 그때는 누군가를 만나면 그 시간만큼의 상처를 안고 집으로 돌아와야 했다. 진심 어린 걱정이든 오지랖이든, 그들은 의도와 상관없이 자꾸 내 불안을 들춰내서 비수를 꽂아댔다. 누군가는 내가 그토록 사랑하던 음악마저 미워하게 만들었다.

사람이란 존재는 서로에게 필연적으로 상처를 주고받을 수밖에 없는 건가 싶어 아예 아무도 만나지 말아야지 하는 다짐을 하고 집으로 돌아오면, 블링이와 달링이는 그런 때에도 변함없이 내 편이 되어주었다. 여기저기서 받은 상처 중 어느 하나 이 아이들에게서 비롯된 것이 없건만, 매번 다 이 아이들이 치료해주었다.

내가 방금 일어나 부스스한 모습이어도, 인기가 떨어지거나 실수를 해서 욕을 먹어도, 이 아이들은 나를 감싼 배경이나 위치 따위는 상관없이 오로지 나니까, 나라는 그 이유 하나만으로 아낌없이 사랑해준다. 태어나서 처음 느껴보는 종류의 감정이었다. 온전히 사랑받는 기분.

이 아이들에게 있어 내 집은 자기들 세상의 전부다. 그 세상에서 믿고 의지할 존재 또한 나뿐이라는 사실은 꽤 묵직한 책임감을 안겨준다. 결코 가볍지 않지만, 기꺼이 해낼 가치가 있고, 꼭 해내고만 싶은.

고양이는 행복함을 골골송, 꾹꾹이, 헤드번팅 같은 자신들만의 언어로 표현한다. 내가 안아주면 언제든 골골송을 들려주는 블링이, 책상에 앉아 대본을 볼 때면 내 무릎을 차지하고 꾹꾹이를 해주는 달링이.

그래서 나도 아이들의 표현법을 빌려 말해준다. 블링이는 블링이가 좋아하는 헤드번팅으로, 달링이는 달링이가 좋아하는 쓰담쓰담으로 너희를 하루도 빠짐없이 늘 사랑한다고, 내게 와줘서 얼마나 고마운지 모르겠다고. 그러면 눈을 천천히 끔뻑거리는 것이 꼭 나의 마음을 알고 있다고 해주는 것만 같다.

고양이들의 시간은 인간보다 4배는 빨리 간다는데, 부디 나와 함께하는 모든 시간 동안 내가 이 아이들에게 받은 사랑, 딱 그만큼 만이라도 아이들이 행복했으면 하는 바람은 더욱 간절해진다.

좋아하는 것을 좋아하는 것

오랜 시간이 지나도, 한결같이 내 심장에 '좋아요'를 누르는 두 가지가 있다.

하나는 비가 오는 날이고, 하나는 야경을 보는 것이다.

언제부터 이들을 사랑하게 되었는지 정확히는 기억이 나지 않는다. 그렇지만 그 이유를 생각해보자면 승천하는 광대를 주체할 수가 없다. 내가 이 두 가지를 왜 그렇게 좋아하는지 마음껏 자랑 좀 해보겠다.

우선 비가 오는 날은, 센치해지지만 왠지 모르게 설레는 구석이 있다.

일단 후두두 떨어지는 빗소리가 그렇고, 창밖에 투명하게 자국을 남기곤 사라지고 또 그 위에 다시 투명하게 내리고 사라져버리는, 빗방울이 주는 그 장면이 참 맑고 청아하다. 그게 사람 마음 한쪽을 막 몽글몽글해지게 하면서, 신기하게도 안 좋은 기억만 골라서 씻어내준다.

이승훈의 '비 오는 거리'를 들으며 투명한 우산을 쓰고 정말 비오는 거리를 걷고 있으면 불규칙하게 속삭이다 사라지는 빗소리가 나를 꼭 좋은 곳으로 데려다줄 것만 같다.

스케줄이 없는 날, 비까지 오면 정말 완벽하게 행복하다.

야경 또한 봐도 봐도 질리지 않는 신기한 녀석이다.

똑같은 배경에 똑같은 불빛인데, 정말 백 번을 보면 그 백 번모두 가슴이 벅차올라서 눈물이 날 것 같다. 어두운 하늘 위에 수놓

좋아하기는 아무리 좋아해도 질리지 않으니까,

참 좋다.

아진 크고 작은 불빛들, 그 밑에 데칼코마니를 이루며 불빛이 일렁이는 한강까지. 너무 환상적이어서 뭐든 다 해낼 수 있을 것 같은 차분하고도 감격스러운 용기가 생긴다.

스무 살이 되고, 이제는 실컷 밤을 새워도 되는 자유를 만끽하기 위해 제일 먼저 한 일은 반포대교까지 걸어가서 찬란하게 빛나는 불빛들을 그저 바라보는 거였다. 불이 막 켜지기 시작했을 때부터, 날이 밝아 불이 모두 꺼질 때까지. 그러면 방전된 내 희망은 금세 120퍼센트까지 충전되어, 다시 열심히 살아볼 수 있었다.

밤 풍경. 이름마저 예뻐 감성 돋는다.

그래서 비가 오는 날 밤에는 라우브Lauv의 '필링스Feelings'를 들으며 대교 위를 건너줘야 한다. 그러면 아무리 우울한 하루였다 해도, 덕분에 이제는 행복한 날이 될 수 있다.

좋아하는 것을 마음껏 좋아하는 것이 너무 좋다.

'좋아하다'.

무언가를 좋아하면 아무리 힘든 일이 있어도 웃고 털어낼 수 있다. 없던 쿨함이 생긴다. 조금 지겨워도 버텨낼 끈기를 준다. 혼자 남겨진 것 같아도 그렇지 않다고 따뜻한 위로를 준다. 내가 좋아하는 것들을 계속하고 싶고, 만나고 싶어서라도 살아갈 이유가 하나는 더 생긴다.

사실 대단한 것이 아니어도 좋은 순간들과 좋아할 만한 것들은 곳곳에 널려 있다.

집에서 그냥 고양이들과 놀고 있을 때면 앞으로도 딱 블링이와 달링이만 있어도 외롭지 않겠다 싶어 든든하다. 친구를 만나 생각 없이 수다를 떨다 보면 무겁게 나를 짓누르던 걱정들도 조금은 가벼워진다. 맛집을 찾아다니며 새로운 메뉴에 도전한 날은 세상에 아직도 이렇게 맛있는 게 많다는 사실에 소소한 모험심이 생긴다. 어제 주문한 택배가 오늘 도착할 거라는 문자는 그 어느 때보다 순수한 설렘으로 발을 절로 동동거리게 한다. 오늘따라 예쁜 하늘을 사진에 담으면 멋진 포토그래퍼가 된 기분으로 하루를 더 특별하게 기억하게 된다.

마음을 움직인 노래는 그 뮤지션의 다음 앨범을 기대하고 기다리게 만든다. 그처럼 노래를 잘하고 싶다거나 음악을 잘하고 싶다는 목표까지 만들어준다. 재밌는 드라마는 캐릭터에 완전히 빠져서 같이 욕을 했다가 같이 울기도 하며 마음껏 소리를 나누는 친구가 되어준다. 사랑하는 사람은 그 존재만으로도 내 세상을 무지개빛 하트 프리즘으로 아름답게 물들인다. 지금 너머 다음을, 내일을 자꾸 기대하게 만든다.

　가만 보면 무기력함은 좋아하는 게 없어서, 좋아하던 것이 더 이상은 좋지 않아서, 하고 싶은 것이 없어서 찾아오곤 한다.

　그래서 나는 마음 한쪽이 잠깐이라도 우울해지려는 폼을 잡으면 '좋아하려고' 한다. 그게 무엇이 됐든. 그로 인해 새로운 것을 하고 싶어지고, 기꺼이 이해할 마음도 불편함을 감수하는 어른스러움도 다 제자리로 돌아온다.

　그냥 지나치던 나의 좋아하는 것들을 마음껏, 제대로 좋아해 버리면, 몇 배는 더 두근거리는 일상을 누릴 수 있다.

　좋아하기는 아무리 좋아해도 질리지 않으니까, 참 좋다.

로맨틱한 티슈

한창 커피 붐이 일기 시작해 한 블록 걸러 하나씩 카페가 생겨나기 시작할 때쯤, 나는 스무 살이었다. 나도 그 대열에 합류해 카페 알바를 시작했다. 매일 얼음이 갈린 달달하고 맛있는 커피를 한 잔씩 맛볼 수도 있었고, 당장의 생활비도 필요했고 해서 여차저차. 스무 살의 패기로 경제적, 사회적 능력치 향상에 도전한 거다.

단정한 반팔 티에 긴 바지, 운동화, 앞치마까지 올블랙. 머리는 묶어서 망이 달린 머리핀 속에 단정하게 넣었다. 정해진 옷을 입고 일정한 시간에 어딘가 출근할 수 있다니, 뭔가 회사원이 된 것 같기도 하고 어른이 된 것 같기도 해서, 안무 연습을 끝내고 알바를 하러

가는 길은 마치 봄날에 새 신을 신고 폴짝 뛰는 것처럼 그저 가볍기만 했다. 바쁘게 지내야 살아 있다고 느끼는 요상한 성격 덕분에, 오히려 정해진 나름의 할 일이 생기니 데뷔가 무산돼서 간간히 나를 괴롭히던 우울감도 사라졌다. 내가 쓸모 있는 사람이 된 것 같았다.

생전 처음 보는 사람에게 밝게 인사하고, 먼저 다가가는 두꺼운 낯짝은 사실 데뷔하고 수차례 방송을 한 뒤에야 생긴 것이므로, 받아주지도 않는 사람들에게 매일 큰 목소리로 인사하고 똑 부러지게 주문을 받는 것은 알게 모르게 상처가 되긴 했지만, 매일매일 알을 깨고 나가는 것과 같은 작은 기쁨이 있었다.

그런데 언제부턴가 내 또래로 보이는 한 남자 손님이 매일 오기 시작했다. 와서 커피는 안 사고, 쿠키만 사서 테이블에 한참 앉아 있다 그냥 가버리는 다소 독특한 손님이었다. 뭐 세상에는 여러 사람이 존재하므로, 조금 신경 쓰이긴 했지만 그런가 보다 했다.

하루는 그 손님이 친구와 함께 왔다. 그날도 다른 때와 똑같이 쿠키를 사고는 테이블에 앉아서 상기된 얼굴로 친구와 한참을 속닥거렸다. 친구와 왔는데도 일관되게 쿠키만 사는 것을 보면 정말 이

카페의 쿠키가 맘에 드는 듯했다.

그때였다. 주문하는 손님이 없어 테이블을 정리하고 있는데, 그 손님이 나에게 구겨진 티슈를 쥐여주었다. 응??? 쓰레기 버리는 곳은 나보다 그 손님한테 훨씬 더 가까운 곳에 있는데 굳이 나에게 일을 준 것이다. 너무 당황스러웠지만 그러려니 하며, 그 티슈를 다른 쓰레기와 함께 버리려고 더 구겨 쥐었다. 그는 다급하게 "버리지 말고 꼭 보세요" 하고는 친구와 후다닥 나가버렸다. 한 번 더 당황스러웠다.

나는 내 손에 든 쓰레기인 줄 알았던 그것의 정체가 너무 궁금해, 바로 화장실로 들어가 펼쳐보았다. 하얀 정사각형 티슈에 연필로 꾹꾹 눌러 쓴 예쁜 글씨체가 보였다.

"나는 음악 듣는 것을 좋아해요. 나에 대해 한 가지 알게 되었으니 우리 이제 아는 사이네요. 당신에 대해 알고 싶어요."

상상 그 이상의 내용에 한 번 더 당황했지만 왠지 모르게 부끄럽기도 하고 설레기도 했다. 드라마에서나 볼 법한 바로 그 고백이

"나는 음악 듣는 것을 좋아해요.

나에 대해 한 가지 알게 되었으니 우리 이제 아는 사이네요.

당신에 대해 알고 싶어요."

내 눈앞에 펼쳐져 있었다. 카운터로 돌아와, 하던 일을 마저 하면서도 그 고백이 담긴 티슈를 주머니 속에 넣어 둔 것이 계속 신경 쓰이고 기분이 날아갈 듯 좋았다.

스무 살은 이런 건가? 이 화려하지도 예쁘지도 않은 투박한 올블랙의 유니폼을 입어도 전혀 모르는 사람에게서 고백을 받기도 하는? 그것도 이렇게 로맨틱하게. 얼마나 인상이 깊었는지, 10년도 더 지난 지금까지도 그 문구 그대로를 또렷이 기억하고 있다.

다음 날, 그 손님은 한층 더 수줍은 얼굴로 매장에 들어섰다. 이번에도 쿠키를 사고 한쪽 테이블에 자리를 잡았다. 나도 아무렇지 않은 척 주문을 받았지만, 숨을 완전히 고르게 쉴 수는 없었다. 평소처럼 테이블 정리를 하고 있을 때 그는 다시 한번 용기를 냈다. 어제 그 쪽지를 보았느냐고. 그의 말투에는 미세한 떨림과 기대감 같은 것이 잔뜩 묻어 있었다.

나는 남자 친구가 있다고 죄송하다고 거짓말을 했다.

대답을 들은 그는 꾸벅 인사를 건네고는 황급히 카페를 나갔다. 그리고 다시는 쿠키를 사러 오지 않았다.

이따금씩 그때가 떠오른다. 그의 고백을 거절했지만 그 티슈는 뭐랄까, 특출나게 예쁘지도 않았고 그저 풋풋하기만 했던 스무 살 때의 나도 사랑받았었다고 증명해주는 것 같아서, 아직도 갖고 있다. 정말 우리는 모두 누군가의 첫사랑이었던 걸까?

가끔씩 그것을 꺼내 볼 때면, 순수함으로 가득했던 그의 용기가 한층 더 대단하게 느껴진다. 아마 나는 평생 못 낼 용기를 그는 냈던 거니까. 그리고 조금은 오그라들지만 로맨틱했던 그 멘트도 겨우 내 또래였을 그가 고민해서 선택한 것임을 감안하면 나름 멋지다.

그가 샀던 많은 날의 쿠키는 모두 헛수고가 되었지만, 아무나 내지 못하는 용기를 냈던 그는 분명 지금 더 멋있는 사람이 되었을 테니, 이제 누군가와 몇 배는 더 로맨틱하길 바란다.

철없는 자신감

다들 그랬겠지만 어릴 적 나도 남들 못지않게 철이 없었다.

아빠가 암에 걸렸다는 소식을 듣고도 열일곱 살의 철부지였던 나는 부리지 말았어야 할 근거 없는 자신감을 하필이면 그때 발휘해버렸다.

우리 아빤데, 아빠가 얼마나 든든하고 대단한 존재인데. 우리 아빠가 암 따위에 질 사람은 아니지. 그냥 아빠가 이 기회에 담배나 끊었으면 좋겠다.

딱 거기까지만 생각했다.

암 판정을 받고도 한참 동안 회사를 다니셨고, 새벽에는 우유 배달까지 하셨던 아빠였다. 남는 시간을 이용해 딴 건축시공기술자 자격증으로 학생들을 가르치고 합격도 시키신 아빠였다. 어릴 때부터 그렇게 눈코 뜰 새 없이 바쁘면서도 지치신 적이 없으셨기에 아빠가 병에 스러지실 수도 있다는 것은 생각지도 못했다. 그래서 퇴근하고 돌아온 아빠가 안마를 좀 해달라고 하면, 그 몇 분이 귀찮아서 동생과 서로 미룰 때가 많았다. 암이 뭐 대수야, 우리 아빠한테는 큰 병 아니니까 뭐 하면서.

내가 서바이벌 오디션 프로그램으로 한창 서울과 청주를 왔다갔다 할 즈음에는 아빠의 병세가 나아지고 있다고 했지만, 막상 마지막 무대는 결국 병원에서 티비로 보셔야 했다. 당시 프로그램에서 새로운 콘셉트의 무대에서 쓰려고 몇몇 가발을 샀는데, 아빠는 항암 치료로 머리카락이 다 빠져버려서 비어버린 머리를 감추기 위해, 그렇게 같은 곳에서 다른 이유로 가발을 샀다. 그때부터 아주 조금씩 아빠가 심각한 상태일지도 모르겠다는 생각이 스쳤지만, 이내 긍정적인 생각으로 다 물리쳐버리곤 했다. 사실은 그냥 아빠가 사라진다는 것을 짐작조차 하기 싫어 애써 외면했던 걸까.

그다음 해에 나는 오디션 프로그램에 합격해 연습생이 됐고, 서울로 전학을 갔다. 회사에서 마련해준 숙소에서 연습생 언니들과 살면서, 학교생활도 열심히 하고 연습도 열심히 하면서 설레는 날들을 보내고 있었다. 간간이 전화로만 아빠의 안부를 물었다. 가끔씩 통화할 때 아빠가 회사가 너무 춥다고 했던 것이 기억이 난다.

하루는, 중간고사에서 백 점을 맞아 너무 기뻐서 아빠한테 전화를 했다. 무척 좋아하고 자랑스러워하실 거라 잔뜩 기대하고. 그런데 아빠는 크게 한 번 숨을 들이마시더니 울먹거리면서, 이렇게 놀라게 할 거냐고 되물었다. 조금 이상했다. 당황스럽기도 했고. 예상했던 칭찬은 못 받았지만 아빠 나름의 기쁨의 표현이겠거니 생각했다. 중간고사만 다 마치면 주말에 아빠를 보러 갈 거라고, 그때 마저 칭찬해달라고 하고 전화를 끊었다.

몇 개월 만에 만난 아빠는 너무나 앙상했다. 늘 듬직하고 다부지고 시원하게 웃던 든든한 아빠는 없었다.

Part 1 그저 따뜻한 것들

병실에 누워 링거를 꽂은 채 나를 보는 아빠. 알아보는 것은 맞는지, 사람이 이렇게나 마를 수 있는 것인지. 이런 모습은 생전 처음이라 나는 너무 무섭고 심각한데 엄마, 언니, 동생은 이미 오래 봐와서인지 덤덤하게 아빠를 간호하고 있었다. 목구멍까지 암세포가 퍼져서 아무것도 삼킬 수 없다고, 그래서 이렇게 마른 것이라고 설명해줬다.

갑자기 심장이 막 두근거렸다. 너무 든든하고 건강하다고만 믿어왔던 우리 아빠는 정말 많이 아팠구나. 우리 아빠도 이렇게 나약해질 수 있는 거구나. 그제서야 내 마음에 거센 파도가 몰아치기 시작했다. 받아들이기 힘들었다.

할 수 있는 게 없어서 바라보고만 있었는데, 아빠의 호흡이 갑자기 불안해졌다. 다급해진 의사, 간호사분들이 오가고, 아빠는 호흡기를 찬 채 중환자실로 들어갔다. 현실인지 꿈인지 감각이 무뎌졌고, 다행히 위급한 상황은 넘겼다는 의사 선생님의 말도 환청처럼 웅웅거렸다.

그날은 동생의 생일날이었다. 병실을 지키고 있던 동생은 속상해서 투덜댔다. 생일날 병원에서 이렇게 보내야하는 거냐고. 엄마는 일을 마치고 와서 나에게 얼굴을 봤으니 얼른 올라가서 연습에 다시 매진하라고 하셨다. 나는 아빠를 보면서, 열심히 연습하고 곧 얼굴 보러 다시 오겠다고 인사를 했다.

아빠는 한참 동안 나를 바라보다가 힘겹게 고개를 끄덕였다. 나도 떨어지지 않는 발걸음을 겨우 떼며 다시 서울로 올라왔다.

고단한 하루였고 긴장이 풀린 탓이었을까, 너무도 곤히 잠이 들었다.

그날 새벽, 언니들이 나를 깨웠다. 눈을 뜨면서 나는 직감할 수 있었다. 그리고 바로 핸드폰을 확인했다. 부재중 전화 40통.

곧장 엄마에게 전화를 걸었다. 엄마는 울먹이느라 얼른 내려오라는 말을 끝까지 이어가지 못했다. 머릿속에서 천둥 번개가 울려댔지만 얼른 옷을 갈아입었다. 나를 안쓰럽게 바라보는 언니들의 배웅을 받으며, 삼촌의 차를 타고 내려가는 내내 드라마 속 비극적인 날처럼 비가 쏟아져내렸다.

병원에 도착해서 들은 소식에는 더욱 가슴이 미어졌다.

동생의 생일이었던 5월 6일이 지나 7일이 되자마자 가족들이
다 잠들었을 때 스스로 산소호흡기를 떼신 것 같다는 의사 선생님
의 말씀. 7일 0시 5분 사망선고.

그 말씀에 그동안 외면해왔던 아빠의 마지막 모습이, 감히 선
하게 그려졌다.

동생의 생일에 떠나면, 매년 생일이 슬퍼질 것임을 알기에 마
지막 문턱에서 힘들고 외로운 싸움을 오롯이 혼자서 버텨냈을 아빠
의 모습. 잠든 가족들을 보며 고민 끝에 이것이 더 나은 선택이라
고 여기며 가누기도 힘든 몸으로 결국은 스스로 선택했을 그 마지
막 움직임이.

그리고 그제야 철없이 치솟았던 자신감들이 밀려드는 후회와
함께 고개를 숙였다.

맨 처음 아빠가 암 판정 받았던 그때, 그때부터라도 조금이라
도 더 잘해드릴걸. 안마하는 거, 그게 뭐 그렇게 힘들다고 철없이 투

덜댔을까. 연습하는 거 하루 정도 빠진다고 큰일 나는 거 아닌데. 조금 더 옆에 있어드릴걸. 뒤늦게 후회해봐도 소용은 없는 일이지만.

사실 나는, 아직도 아빠를 떠나보냈다는 것이 도무지 와닿지가 않는다. 당장 눈앞에만 안 계시지, 아빠는 어딘가에 살아 계신 것 같다.

나는 잘 지내고 있다. 씩씩하게.

그냥 가끔 좋은 일이 생겼을 때, 얼굴을 보면 제대로 칭찬해주기로 했던 아빠와의 약속이 떠올라서 한 번만 제대로 칭찬받고 싶다는 철들지 못한 마음이 이따금씩 튀어나오기는 하지만.

나는 잘 지내고 있다.

칭찬받고 싶은 철들지 못한 마음이 이따금씩 튀어나오기는 하지만.

서른 즈음에

나의 지나온 날들을 돌아보자면, 10대에는 겁이 없었다. 열정 가득하고 희망을 먹으며 꿈만 보고 달려가는 불도저였달까. 반면 20대에는 성인이라는 새로운 규정과 반복된 실패로 그야말로 성장통의 연속이었다. 10대 때부터 불태워온 열정은 관성 때문인지 눈치 없이 계속 타오르고 있어서 그 충돌이 더했다. 인생에서 진정한 질풍노도의 시기, 진짜 사춘기는 바로 20대가 아닐까. 충분히 잘하고 있는데도, 한참 부족하게 느껴지고 불안하기만 하고, 서른이 되기 전에 무언가 이루어놓아야 할 것만 같은 조바심에 시달리고.

그 시기에 바라봤을 때는 서른이 되면 무척 어른이라도 되는 줄 알았다. 세상이 완전한 어른스러움을 떠안기고 얼마나 대단한 것을 이루었나 평가하는 시기 같달까. 내가 스무 살 때만 해도 좋은 대학에 들어가 졸업을 하고, 안정적인 직장을 찾아 커리어를 쌓고, 좋은 사람을 만나 결혼을 하는 그런 일련의 과정이 강요되는 사회적 분위기였으니 더했다. 그래서 나한테 서른이 오지 않았으면 하는 마음도 있었다. 너무 늦었다거나 너무 늙어버린 나이일까 봐. 언젠가 인터뷰 중에 서른두 살쯤엔 결혼할 것 같다고, 지금 생각해보면 허무맹랑한 소릴 한 적도 있다.

하지만 막상 스물아홉이 됐을 때, 그동안 상상해왔던 서른 살에 어울리는 어른스러움은 내게선 하나도 찾아볼 수 없었다. 그렇다고 1년 사이에 서른에 걸맞게 성장할 수 있을까 하는 의구심이 들었고, 얼마 안 가 서른 별거 없구나 하는 안도감이 마저 찾아왔다.

그때까지 나의 모든 시간은 오로지 철저하게 일만을 위한 것이었다. 어릴 적부터 남달랐던 꿈을 향한 집착은 집요한 시간 관리로 이어졌고, 스케줄이 없는 날은 다음 스케줄을 위한 시간으로 채웠다. 연습, 운동, 관리의 반복. 하다못해 집에서 쉬더라도 요즘 대세는 무엇인지 모니터링하는 일은 빠트리지 않았다.

Part 1 그저 따뜻한 것들

그래서 일이 잘 안 되면 나의 행복도 없었다. 치고 올라오는 새로운 팀들과 바뀌는 트렌드를 쫓아가지 못하는 것만 같아 자책하기 바빴고, 일을 하고 있는 순간마저도 일, 일, 일을 생각했다.

이러나저러나 내일은 더 열심히 해야겠다, 라는 다짐으로 버텨오던 스물아홉 살에 시작된 갑작스러운 공백기. 내 행복의 출처마저 빼앗긴 상실감은 이루 말할 수 없는 충격과 공포 그 자체였다. 실체를 알고 싶지 않았던 여정. 하루하루가 서바이벌인 연예계에서 언제 끝날지 모르는 공백기를 시작해야 한다니.

가루가 된 멘탈은 작은 것에 저 나락까지 단숨에 떨어졌다가 작은 것에 갑자기 희망을 찾는 롤러코스터를 하루가 멀다 하고 열두 번씩은 더 탔다. 정신을 차릴 수가 없었다. 그래서 집에서 고양이들과 놀기만 했고, 우울함과 희망이 뒤섞인 일기를 쓰다가, 다 잊을 수 있게 티비를 보다가, 갑자기 답답하고 숨이 안 쉬어져 울어버리는 날들이 계속됐다.

바보같이 사람을 의심 없이 믿은 것도 잘못이라면 잘못이라고 스스로를 자책할 즈음, 예전에 갔던 피부과 원장님에게서 문자가

왔다. 피부 관리를 받으러 오라는 연락이었다. 원장님의 그 '걱정 어린 시선 없는' 연락에 정말 오랜만에 용기를 내어 집 밖을 나섰다.

그날 나는 짚어주지 않아도 이미 우울한 내 처지에 대한 언급 하나 듣지 않고 정말 깔끔하게 피부 관리만 받고 집으로 돌아왔다. 얼마만의 기분 좋은 외출이었는지. 그 한 번의 작은 성공에 자취를 감추었던 어릴 적 용기가 슬금슬금 고개를 내밀었다. 항상 벼랑 끝으로 내몰렸다고 생각이 들 때쯤 인생은, 이렇게 숨통이 트일 만한 작은 성공을 안겨준다. 초긍정 마인드가 다시 놀아볼 수 있게 말이다.

무턱대고 희망적인 불도저가 깨어나 내게 말했다. 그래, 나는 늘 힘든 상황을 잘 이겨내왔으니까. 이 시간의 장점을 좀 살펴보자. 그렇게 잊혀지는 게 걱정이라면, 잊혀진다 해도 다시 기억되게끔 할 수 있으니 불안할 필요가 없다. 다시 일할 수 있게 됐을 때 더 나은 사람이 되어 있도록 지금 당장 할 수 있는 것들을 해보자. 그렇게 부서진 멘탈에 하나씩 반창고를 붙여보았다. 긍정적으로, 행복하게, 대책이 없다고 해도 이 상황을 즐겁게 대할 수 있게.

계획하기를 좋아하는 내게 이 시도는 아주 효과적이었다.

가장 중요한 터닝포인트가 됐던 것은, 일이 전부였던 내게 일이 사라졌으니 내가 사라질 것 같았지만 실제는 그렇지 않았다는 것이다.

조금씩 일 말고 다른 것들로 채워보는 일상.

오랜만에 가족들과 함께 야경을 보며 분위기 있는 곳에서 코스 요리로 맛있는 식사를 했다. 무려 8년 만이었다. 내가 사는 동안 우리나라에서 올림픽이 다시 열릴 확률이 얼마나 될까 싶어, 태어나 처음으로 직접 피케팅(피 튀기는 티케팅)에 성공해서 평창 올림픽 쇼트트랙 경기를 직관했다. 그날 우리나라 대표선수들이 메달을 두 개나 땄다.

불편하고 화려한 옷이 아닌 수수하고 편한 옷을 마음껏 입으면서 스타일링에 자유로워졌다. 간만에 집사다운 모먼트를 맞이해, 보기만 해도 힐링이 되는 블링이와 달링이와 하루 종일 놀았다.

취미라는 것도 가져봤다. 테니스와 기타. 무언가를 배우는 데 늘 두려움이 앞서 시간 없다는 핑계로 자기 합리화만 하다 끝났지만 이제는 아니었다. 오랫동안 보지 못했던 친구들을 만나 생각 없이 수다를 떨고 맛집을 찾아 인생 사진을 찍으며 추억 여행을 하다 보면 하루가 순삭이었다.

새로운 것들에 대한 도전은 하루하루 도장 깨기를 하는 것처럼 재밌었다. 칭찬 스티커를 100개는 모은 것 같았다. 소소하지만 놓치고 있던 일상을 챙기는 것은 처음에는 그냥 조금 나쁘지 않은 정도였지만, 하면 할수록 아주 행복하고 달콤했다. 행복의 출처는 이렇게나 많고 다양했다. 일이 인생의 전부가 아니었다. 직업을 떠나 그냥 나로 살아보는 시간을 통해 깨달았다. 인생 재밌는 거구나.

나는 그런 깨달음 끝에 서른을 맞았다. 그제야 왜 선배, 언니, 오빠 들이 30대가 더 좋다고 하는지 조금은 알 것 같았다. 심하게 치이고 데이고 아파본 후에야 자신에게 진정 중요한 게 뭔지 알게 되고, 조금 힘을 뺀 채 살아가볼 수 있게 되기 때문이 아닐까.

여러모로 조금은 성숙한 정서로 맞이한 서른, 서른하나, 서른둘. 요즘은 일이 잘 풀리지 않을 땐 다른 곳에서 행복을 가져올 수 있어서 감정 관리에 훨씬 유리해졌다. 다른 곳에서 행복이 충전되면 다시 힘내서 일할 수 있다. 소위 말하는 워라밸을 찾은 것이다.

적당한 마음의 여유도 생겼겠다, 아직도 무엇이든 더 도전해보고, 배우고, 실패해도 괜찮은 시기. 그러면서도 일은 나의 전부 말고, 일부 정도로 둘 수 있는 여유를 비로소 가질 수 있는 지금, 이 서른 즈음이 나도 더욱 좋다.

STARLIGHT

나는 누군가의 팬이었다. 그리고 팬이 있다.

'팬'.

한마디로 쉽게 정의 내릴 수 없는 존재다. 그들은 가족이면서 친구이면서 애인이면서 동반자와도 같은, 그리고 그 이상의 무언가인 사람들이다. 그들의 마음은 참으로 신기하고 위대하다. 다들 어림짐작하는, 그냥 좋아하고 응원하는 단순한 차원의 것이 아니다.

나의 스타가 연예인으로서 더 잘됐으면 좋겠고, 하는 것마다

다 이슈가 돼서 더 잘 벌었으면 좋겠다. 실수를 하지는 않을까 조마조마하고, 연습을 하다 다치지는 않을까 걱정되고, 되도록 아무 탈 없이 오래오래 활동해주면 좋겠다. 무엇이 됐든 잘 안 되더라도 감정적으로 힘들지 않고 진짜 행복했으면 하고 간절히 바란다.

아픔이나 실수마저 보듬어주고, 갑작스러운 공백기가 무한대로 길어진다 해도 끝까지 기다려줄 수 있는 마음. 누가 시킨 적은 없지만 그래서 더 행복한 이 덕질은 직접 해보지 않고서는 평생 알 수 없는 우리들만의 유대감으로 똘똘 뭉쳐 있다.

나와 나의 팬들은 피 한 방울 섞이지 않았고, 한 번도 마주친 적이 없다고 해도 서로의 존재를 알고 있으며, 어떤 매개체를 통해서든 끊임없이 마음을 공유하고 추억을 쌓아왔다. 무려 10년도 넘는 시간을.

그런 마음을 받는다는 것은 참으로 축복받은 일이다. 그래서 그들을 향한 나의 마음도 당연히 한마디로 정의 내릴 수 없다. 늘 고맙고 소중하고, 든든하고, 부족해서 미안하고, 나 역시도 그들의 행복에 조금이라도 도움이 됐으면 하는, 복잡하고 다채로운 마음이 얽혀 있다.

일 대 다수의 관계는 늘 미안하다. 모두를 동시에 똑같이 만족시켜줄 수 없는 구조다. 짝사랑을 하는 것 같은 느낌을 줄 수밖에 없는 거리.

사실 작년에 데뷔 10주년을 맞아서 팬송 〈STARLIGHT〉를 공개하고, 나는 내심 뿌듯했다. 여태 받은 사랑에 조금이나마 보답해준 것 같았고 그 거리를 아주 살짝 좁힌 것은 아닐까 싶었으니까.

하지만 나는 턱없이 부족했다. 역시 세상에서 제일 예쁜 가사를 쓸 줄 아는 건 그들이었다. 팬송을 선물한 건 나였지만, 그 이상의 마음을 받고 또 행복해서 울고 있는 것도 나였다. 그들의 마음을 따라잡으려면 정말 나는 여전히 한참이나 부족하다.

팬송 가사를 쓰기 위해서 카페에 자리를 잡았을 때, 가만히 우리가 함께해온 시간을 더듬어봤다.

참 많은 일이 있었다. 데뷔 쇼케이스를 하던 날, 첫 1위를 하던 날, 팬클럽 창단식을 열던 날, 컴백 주에 피곤해서 다 같이 졸린 눈으

내 마음이 조금이라도 닿았으면.

이런저런 이유로 잠시 구름에 가려져 있다 해도

사라지지 않고 늘 그 자리에서 빛나고 있을 테니

불안해하지 않았으면.

로 음악 방송 스케줄을 소화하던 날들, 나보다 슬프게 울며 악플러와 싸우던 그들을 지켜보며 속상했던 날, 출근길부터 함께하며 마지막 스케줄 퇴근길까지 외롭지 않게 배웅해주던 날들. 그 와중에 탈덕한 친구도 있을 것이고, 휴덕하다 재입덕한 친구도 있을 것이다. 그리고 오랜 시간 묵묵히 휴덕 한 번 없이 버텨준 친구도. 정말 그들과 나, 이렇게 당사자들이 아니면 모를 우리만의 이야기가 잔뜩 쌓여 있었다. 10년도 넘었으니 어마어마했다. 우리가 좋아해서 닮은 건지 닮아서 좋아한 건지는 모르겠지만, 함께한 시간만큼 서로를 담아내고 닮아갔다. 물론 지금도 현재진행형이다.

　　내 이름 한자가 '기운 건장할 효, 별 성'이라 공식 팬카페명도 슈퍼스타다. 슈퍼스타와 내가 쌓아온 추억들이 별처럼 펼쳐져 있다고 생각하니 마치 우리의 10년이 하늘에 예쁘게 수놓아진 것 같았다. 천국 같았고 기적 같았고 그것을 바라보고 있자니 특별한 말 없이도 애틋했다. 그러므로 수많은 표현들이 있겠지만, 나는 그들이 무엇보다 별빛 같았다. 나에게 늘 빛을 주는 사람들. 그들에게 해주고 싶은 말을 천천히 써 내려갔고, 그렇게 〈STARLIGHT〉란 곡이 완성됐다.

녹음하면서도 연습하면서도 몇 번이나 울컥했는지 모른다.

내 마음이 조금이라도 닿았으면.

이런저런 이유로 잠시 구름에 가려져 있다고 해도 사라지지 않고 늘 그 자리에서 빛나고 있을 테니 불안해하지 않았으면.

그들이 걸어가는 길이, 그리고 우리가 앞으로 손 붙잡고 함께 할 날들이 지금처럼 계속 빛났으면.

너의 의미

계획에 없던 긴 공백기를 끝내고 나서의 일이다.

드디어 열심히 달려보겠다고 심기일전해서 쉼 없이 달려왔건만, 몇 개월간 이렇다 할 성과 하나 없이 고군분투만 하는 것 같아 잘하고 있는 건지 의심을 달고 사는 날들이 계속되었다.

뒤쳐짐과 불안함 사이에서 한참이나 허덕이던 밤들.

그날도 잠이 들기 전 습관처럼 결론 나지 않을 질문을 하고, 지친 몸을 침대에 누이며, 혹여나 놓친 것은 없나 의무적으로 메시지를 확인하고 있었다.

누군가 나를 알아준다는 것은,

얼마나 마음을 울리는 일인가.

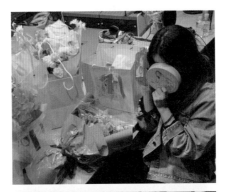

그때 한 문장이 눈에 띄었다.

"큰 의미 없는 응원 메시지입니다."
알 수 없는 이끌림에 그 메시지를 눌렀다.

스스로를 '팬린이'로 칭한 그분 역시 나처럼 침대에 누워 나의
영상을 보다가 갑자기 울컥하는 마음이 생겨 내게 메시지를 보내게
됐다고.

최근에 겪은 일들로 힘들었을 텐데, 그 버거운 일들을 다 이겨
내고 지금까지 꾸준히 노래하고 춤추고 연기를 한다는 것이 그에게
큰 감동으로 다가왔다는 거다.

요즘의 활동하는 모습들도 전과는 다르게 좀 더 나다운 것, 내
가 하면서 즐거운 것을 찾아가는 게 보인다며, 멋지다는 칭찬도 아
끼지 않았다. 멋진 사람을 보며 좋은 자극을 받고, 힘 낼 수 있게 해
주어 감사하다는 말과 함께.

메시지를 다 읽은 나는 그 밤, 지쳐 있던 마음 여기저기로 번지

는 울컥함을 감당하지 못해, 블링이와 달링이를 양쪽에 안은 채로 숨죽여 훌쩍거렸다.

일에 대한 욕심이 도무지 채워지지 않아 만족하지 못하고 그저 버티고만 있었다.

그런 나의 정의 내릴 수 없는 시간들이, 그저 버티고만 있던 시간들이 이름도, 얼굴도 모르는 누군가에게 이렇게 큰 감동과 희망이 되었다니.

그 사실이 역으로 나에겐, 힘들지만 포기하지 않은 나의 수고들을 고스란히 알아주는 것만 같아 주체가 안 될 만큼 고맙고 감동적이었다. 버티길 잘했다. 틀리지 않았다.

누군가 나를 알아준다는 것은 얼마나 마음을 울리는 일인가. 정답 없는 질문을 해왔던 수많은 외로운 밤들이 스쳐 지나갔다. 수없이 되풀이해온 눈물 젖은 질문에 대한 답을 들은 것 같았다. 그것도 아주 따뜻하고 벅차게.

앞이 캄캄해 아무것도 보이지 않는데도, 가이드라인 하나 없

이 걸어가야 하는 이 길을 아주 잘 걸어가고 있다고. 정말로 수고했
다고.

진심은 통하는가 보다. 실낱같은 희망도 없어 주저앉고 싶어
도 이렇게 훅 들어와 따뜻하게 토닥여주는 것들이 자꾸만 힘이 나
게 만든다. 이래서 어르신들이 인생은 살 만하다고 하나 보다.

그는 의미 없는 응원 메시지라고 말했지만, 나에겐 앞으로 적어도 몇 년은 더 버텨낼 수 있는, 상처로 가득한 시간들을 따숩게 어루만져준 그런 찬란한 응원 메시지였다.

직접 만난 적도 없지만, 얼굴도 이름도 모르지만,

서로에게 무한히 의미 있는 존재가 될 수 있다니 참으로 의미 있는 일이다.

그가 나에게 말해주는 것 같았다.

앞도 보이지 않는 이 길을 아주 잘 걸어가고 있다고.

정말 수고했다고.

직접 만난 적도 없지만, 얼굴도 이름도 모르지만

서로에게 무한히 의미 있는 존재가 될 수 있다니

참으로 의미 있는 일이다.

그날의 안도감이 생생하다. 투명한 우산을 쓰고 숙소를 나섰던
그날……. 다시는 나에게 용서받지 못할 실수는 하지 말자 다짐했다.
그렇게 조금씩 성장하면 되는 거라고.

내가
내 편이
되어주려고

Part 2

나는 나에게 용서받았다

나는 이 얘기가 아직도 조심스럽다. 아는 사람들은 다 아는, 나의 말실수에 관한 이야기. 아직 어디서도 하지 않은 부분에 대해서만 살짝 꺼내보려 한다.

한창 사랑받고 있지만 더 사랑받고 싶을 나이, 25살. 그때 나는 이미 소위 말하는 핫한 연예인이었지만 대중의 사랑을 더 더 많이 받는 것, 금방이라도 사라질 것 같은 이 인기를 꼭 붙잡는 것에 온정신이 쏠려 있었다.

내가 가진 직업적 특성이 대중의 사랑을 기준으로 모든 것이 결정된다는 점 때문이기도 했지만 사실 나는 스스로에 자신이 없었다. 어린 나이에 받는 많은 사랑과 관심이 너무 좋으면서도 어딘가 모르게 무섭고 거부감이 들었다. 이렇게 과분한 사랑을 받기에 나는 많이 부족한데, 언젠가 사람들이 그걸 알아버리고 그 사랑을 다 거둬 가면 어쩌지? 그러면 한물갔다는 소리를 들을 것이고, 내가 사랑을 받고 사랑을 잃어가는 과정들까지 다 지켜보며 나의 인생이 끝났네 마네 쑥덕거릴 것이다.

그 사실이 죽을 만큼 두려웠고, 무서웠고, 싫었다.

대중의 사랑을 꼭 붙잡기 위해 작은 의견 하나라도 놓치고 싶지 않았던 나는, 모니터를 하는 일에 많은 시간을 할애했다. 그러다 스치듯이 보게 된, 출처도 의도도 모르는 그 단어를 라디오 생방송에서 무심코 내뱉는 실수를 저질렀다.

내가 그렇게 두려워하던 일은, 결국 현실이 되었다. 방금 전까지만 해도 내가 무엇을 해도 예쁘다고 칭찬해주던 사람들은 몇 초만에 나를 벼랑 끝으로 내몰았다. 모든 사람이 나만 미워하고 조롱하고, 심지어는 합성까지 해가며 온갖 루머들을 만들어냈다. 그들은 단단히 돌아섰다. 나를 미워하는 일을 다 같이 즐기고 있었다.

흔히들 성인이 되고 나서는 오히려 한쪽 손가락만 자라는 경우가 많다고 한다. 나도 데뷔하고 나서 오로지 음악, 무대, 사랑을 받는 일에만 온 힘을 쏟았으니, 눈이 어두워질 대로 어두워져 있었다. 하지만 그런 나의 상황을 이해해주고 배려해줄 관용을 바라기엔, 나는 너무 큰 잘못을 했다. 나의 의도가 그렇지 않았더라도, 많은 사람들에게 영향을 주는 직업을 가진 사람으로서 해서는 안 될 실수를 했다. 그것은 돌이킬 수 없는 사실이었다.

　　그러면 나는 이제 어떻게 해야 하는가. 결국 그렇게 두려워하던 미움을 차고 넘치게 받고 있고 나는 세상에 혼자 남겨졌다. 그러면 나라도 혼자 남겨진 나를 사랑해줘야 하는데 도저히 그럴 수가 없었다.

　　만약 이 실수를 다른 누군가가 똑같이 했다고 치자. 아마 나도 그를 좋게 볼 수 없을 거다. 하, 사랑은 얼어 죽을. 용서는커녕 나 자신이 너무너무 미웠다. 화도 났다. 그래, 내가 한 실수를 나도 용서할 수 없는데, 대중에게 용서를 바라는 건 염치없는 짓이지 싶었다.

　　그래서 나는 내가 나를 용서할 수 있게, 스스로에게 떳떳할 수 있는 방법을 찾고자 했다.

같은 실수를 반복하지 않기 위해서 공부를 시작했다. 쉽지는 않았다. 외우고 필기하고 이해하는, 말 그대로의 '공부'에서 몇 년은 멀어져 있던 터라 100편이 넘는 인터넷 강의를 보며 자주 졸기도 했다. 그렇지만 포기할 수 없었다. 누군가 알아주지 않는다고 해도 내가 알아줘야 하니까. 나는 나에게 용서받고 싶었다.

사실 시험 보기 전날 밤까지도 내가 오버하는 것은 아닐까, 혹여나 누군가 나를 알아보고 수군대지는 않을까, 여러 가지 걱정이 밀려와서 덜컥 겁이 났다. 머리를 싸맸지만 그렇다고 달리 답도 없었고 에라 모르겠다, 일단은 자고 일어나서 내일 결정하자며 잠에 들었다.

시험을 아침 일찍부터 치른다는 것을 알게 된 몇 개월 전부터 나는 그 시간대에 뇌가 깨어 있는 습관을 들이려고 활동 중에도 일찍 일어나는 연습을 해왔다. 2013년의 8월 10일 토요일, 시험 당일 아침에도 연습한 대로 일찍 눈이 떠졌다. 그날은 비가 왔다.

수많은 걱정들이 나를 가로막았다. 하지만 밑져야 본전이다,

Part 2 내가 내 편이 되어주려고

그동안 공부한 게 아까우니까, 누가 알아보고 쑥덕대든 말든 일단 가보자. 이번에 떨어지면 더 열심히 해서 또 보면 되지! 그렇게 나를 달래며, 숙소를 나섰다. 택시를 타고 시험장으로 가는 길은 심장이 불안감에 두근거리면서도, 촉촉하게 내리는 빗소리 때문인지 뭔가 시원했다. 이왕 가는 거니까 실수하지 않도록 최선을 다하자. 택시에서 멀미를 이겨내며, 그간 열심히 공부해온 필기 노트를 수없이 반복해서 읽었다.

고개를 푹 숙이고 교실에 들어서 수험번호를 확인하고 내 자리를 찾아 앉았다. 다행히 아무도 나에게 관심이 없었다. 저마다의 중요한 이유들로 시험을 치르러 온 치열한 분위기만 느껴질 뿐이었다. 나는 차분하게 시험을 치렀다. 집으로 돌아와 정답을 체크하면서 마음이 조마조마했다. 오랜만에 학생으로 돌아간 기분이었다. 다행히 두 문제를 빼놓고는 다 맞았다. 조금 기뻤다. 아니, 눈물 나게 기쁘고 감격스러웠다. 그래서 내가 시험을 준비한다는 사실을 알고 있던 몇몇 지인에게 이 사실을 알렸다. "나 열심히 공부해서 두 개 빼고 다 맞혔어! 너무 기분이 좋은데 얘기할 곳이 없어서 너에게 말하는 거야!" 지인들은 정말 축하한다고, 장하다고 칭찬을 아끼지 않았다.

회사에서는 이 사실이 알려지면, 분명 대중이 안 좋게 볼 거라며 조용히 넘어가자고 했다. 맞는 말이었다. 애초에 누군가에게 보여주려고 한 것도 아니었으니까.

그날의 안도감이 지금도 생생하다. 화이트셔츠에 청바지를 입고, 투명한 우산을 쓰고 숙소를 나섰던 그날.

가는 길이 외롭지 않게 친절했던 택시기사님, 신분증 검사를 하고는 떨고 있는 내게 따뜻한 미소를 보여준 감독관분. 시험장에서 나와 비가 그쳐 잠깐 걸었을 때 길옆으로 피어 있던 꽃과 비에 젖은 촉촉한 땅까지.

그리고 다시는 나에게 용서받지 못할 실수는 하지 말자 다짐했다. 그렇게 조금씩 성장하면 되는 거라고.

비로소 그날, 나는 나에게 용서받았다.

Dear Moon & Mom

　　스물여덟, 몸도 마음도 지쳤던 시기에 쓴 〈Dear Moon〉이라는 곡이 있다. 이 노래에는 나의 애정과 아픔이 함께 녹아 있어서 그런지 좋아하는데도 자주 부르지 못한다.

　　이 앨범을 준비할 즈음, 엄마가 아프기 시작했다. 생각보다 심각했다. 이미 10년 전에 암으로 아빠를 보내드렸기에, 그 사실은 내게 조금 버거웠다. 아니, 억울했다. 착하게 살면 복이 온다는데 누구보다 열심히 착하게 살아온 우리 엄마가 왜. 엄마가 대체 무슨 잘못을 했다고 신장 투석을 하며 병원에 누워 있어야 한다는 말인가. 내가 잘못한 것이 있는 걸까, 그래서 엄마가 대신 벌을 받는 걸까? 나도 나름 착하게 산다고 살았는데 부족했나? 그렇다면 정말 신은 존재하는 걸까, 신이 있다면 내 기도를 듣고는 있는 건지 매일이 답답하고 눈물겨웠다.

엄마가 입원을 한 뒤로 나의 일상은 낮에 병간호를 하다 시간이 나면 잠깐씩 곡 작업을 하고, 밤에는 엄마 병실 한쪽에 쭈그려 잠을 청하는 것으로 바뀌었다. 가끔 언니나 동생이 대신 병실에서 밤을 보내줄 때면 집에 돌아오자마자 참았던 눈물을 목 놓아 쏟아내기도 했다.

신장이 나빠지면, 평생 투석을 하거나 이식을 받는 것밖에는 방법이 없다고 의사 선생님께서 단호하게 말씀하셨다. 늘 나의 보호자였던 엄마의 보호자가 되어 그 말을 듣고 있자니, 낯선 두려움에 눈앞이 캄캄해졌다. 우리 세 자매는 마지막 희망을 걸고 이식 검사를 해보았으나 셋 다 이식에 적합하지 않았다. 이식을 할 수 있을만큼 건강하지 못했고, 무릅쓰고 진행한다 해도 가족력이 있기에 나중에 상태가 더 나빠질 가능성도 무시할 수 없는 상황이었다. 하늘도 무심하시지. 2, 3일에 한 번씩 4시간이나 누워서 기계에 신장의 기능을 의존해야 하는 투석이 얼마나 힘든지 알았기에 우리는 망연자실했다. 기증은 평균 7년을 기다려야 한다고 했고, 그마저도 운이 따라야 가능한 일이라 누구도 확신할 수 없는 희망고문과 같았다.

마지막 희망마저 사라지려던 찰나, 기적처럼 오랜 고민 끝에 큰 결심을 내린 이모가 이식 검사를 해주신다고 했다. 전화기 너머로 들려오는 두려움과 걱정이 섞인 목소리를 눈치챘지만, 이모의 생각이 바뀔까 봐 넙죽 감사하다고 염치없는 인사를 건넸다. 그런 내가 얄밉다고 해도 어쩔 수가 없었다.

수술 당일 아침, 수없이 마음의 준비를 해왔건만 수술실로 들어가는 엄마와 이모의 침대, 굳게 닫히는 수술실 문을 직접 마주하니 온몸이 그 위압감과 두려움에 부딪쳤다. 꾹 참아왔던 눈물이 결국은 또 터져버렸다. 하지만 그것도 잠시였다. 수술실 앞에는 나보다 먼저 가족을 들여보내고 아직도 초조한 마음으로 기다리는 사람들이 있었고, 나는 내 슬픔이 전염될까 싶어서 고개를 푹 숙이고 병실로 돌아왔다. 눈물은 내 얼굴을 타고 흐르지 못하고 바닥으로 바로 곤두박질쳤다.

나는 내 슬픔이 전염될까 싶어서 고개를 푹 숙이고 돌아왔다.

눈물은 내 얼굴을 타고 흐르지 못하고 바닥으로 바로 곤두박질쳤다.

Part 2. 내가 내 편이 되어주려고

텅 빈 병실에서 그동안 간호하느라 쌓인 짐들을 챙겼다. 그리고 신께 간절히 기도했다. 너무 죄송하다고. 신이 대체 있기는 한 거냐는 의심은 정말 아주 잠깐, 스치듯이 했던 생각이었으니 혹시라도 화가 나셨다면 다 잊어달라고. 지금은 당신의 존재를 한 치의 의심도 없이 믿고 있으며, 지금 내가 믿고 의지할 곳은 당신뿐이니 제발 수술이 잘되게 해달라고.

집으로 돌아오는 길은 참 짓궂었다. 찬바람이 쌩쌩 불어와서 자꾸만 따귀를 때려댔다. 바람이 닿는 손등이 자꾸 쓰라려 그제야 살펴보니 어디서 다쳤는지 모를 상처가 나 있었다. 얼음장 같은 냉기가 상처를 비집고 들어와 뼛속까지 파고들었다. 긴장이 풀린 데다 상처도 너무 아프고, 바람은 또 너무 차서 추워 죽겠고, 그냥 너무 서러워서 눈물 콧물 범벅이 된 채로 계속 걸었다.

그날의 기억이 담긴 곡이 바로 〈Dear moon〉이다. 아물지 않은 상처 위로 스치는 바람과 혼자 남겨진 기분으로 가득 찬 밤, 아픈 마음을 기댈 곳이 달빛뿐인데 그마저도 따뜻하지도 선명하지도 않고, 그래도 들어줄 대상이 결국은 달빛뿐이라 달에게 푸념한다는 그런 이야기…… 슬픔을 마저 슬퍼하지 못하고 더 선명하게 슬퍼하고 담아내려고 애를 쓴 덕에 결과적으로는 마음에 드는 노래가 나왔고, 엄마도 건강을 되찾으셨다. 〈Dear moon〉이라는 노래는 그래서 참 좋은데, 참 아프다. 들을 때마다 힘들었던 그때가 고스란히 떠올라 눈물 버튼이 눌린다.

엄마는 건강하게, 여전히 열심히 사신다. 수술한 적이 없는 사람처럼. 어쩜 그렇게 바쁜 걸 좋아하시는지 쉬는 날에는 오히려 지루해서 지치신단다. 나보다 더한 워커홀릭이다. 그래, 이 유전자가 어디서 왔겠나.

아빠가 돌아가시기 직전에, 의연하게 잘 버텨오던 엄마가 생사를 오가는 아빠를 끌어안고 눈물에 뒤섞여 하시던 말이 떠오른다. 10년만 더 같이 살자고. 지금 가지 말고 딱 10년만 더 함께 있다가 가면 안 되겠냐고.

나도 엄마에게 말하고 싶다. 당신의 보호자가 되기에는 아직도 한참 부족하고, 따뜻한 표현에도 서툴러 늘 미안한 마음이 크지만 앞으로 더 오랜 시간, 10년보다 더 오랜 시간을 건강하고 행복하자고.

그 말을 울지 않고 할 수 있음에 감사한다.

노래하는 사람

가수 혹은 아이돌, 배우, MC, 연예인. 사람들이 나를 어떤 이름으로 기억할지는 잘 모르겠지만 어찌 됐건 분명한 사실은 내가 노래하는 사람으로 데뷔를 했다는 것이다.

어렸을 때 화려한 무대에서 파워풀한 퍼포먼스를 하는 가수들을 바라보고 있으면 얼마나 멋졌는지 모른다. 좀 커서는 힘들 때 슬픈 노래를 들으며 비련의 주인공처럼 펑펑 울어대면 마음이 섭섭지 않게 달래지기도 했다. 그러면서 서서히 그 사람들처럼 되고 싶다는 생각을 했던 것 같다. 노래방 반주 말고 가수들이 쓰는 저 인스트루먼트 위에 내 목소리를 얹어보고 싶었다. 따라 추는 춤 말고 나의 춤을 추고 싶었다. 내가 선물받은 위로와 즐거움을 마찬가지로 나도 누군가에게 줄 수 있는 존재가 되고 싶었다.

몇 년의 오디션과 연습생 기간을 거쳐 가수가 되고 그 꿈을 조금씩 이뤄가게 되었을 때, 얼마나 행복했는지 모른다. 매일 쉬는 날 없이 스케줄에 치여 살고, 유일하게 잘 수 있는 시간은 차로 이동하는 순간뿐이어도 무대에 올라 프로페셔널하게 무대를 해내는 것이 뿌듯하고 좋았다.

2019년 여름, 부산에서 꽤 큰 규모의 축제에 서게 됐다.

오랜만에 하는 큰 무대였건만 당시에는 법적인 문제로 인해 내 노래를 할 수 없었다. 거기다 여태 함께해온 댄서들과 무대에 오를 수 없어서 급하게 무대가 가능한 새 댄서를 네 명이나 찾아야 했다. 다른 가수들의 노래 중에 몇 곡을 골라 녹음하고 안무도 다시 만들고 연습해야 했지만 아이돌 10년 차 짬(!)으로 무사히 준비를 마쳤다.

유독 기억에 남는 이 축제에는 잊지 못할 포인트가 있다. 물론 관객들이 바다 옆에 설치된 풀장에서 무대를 보고, 무대에 오른 가수들도 물총을 쏘면서 공연을 하는 특이점이 존재하기도 했지만 진짜 이유는 다른 데 있다.

보통 축제에서는 한 곡이 끝나면 인사를 하고 관객들과 짧게 대화할 시간을 가진다. 그때 빠지지 않는 멘트 중 하나가 '다음 곡은 뭘까요?'인데, 이어질 무대에 대한 기대치를 높이면서, 소소하게 내 노래 선호도 조사도 겸하는 거다. 나의 사정을 모르는 관객들은 역시나 〈Good-night Kiss〉를 외쳤다. 간간이 〈반해〉나 시크릿 노래를 외치는 목소리도 들렸다. 아, 너무 시원하게 무대를 하고 싶은데, 같이 즐기고 싶은데 그럴 수가 없었다. 내가 택한 차선책은 무반주로 살짝만 〈Good-night Kiss〉를 불러주는 것이었다. 나도 무대에서는 오랜만에 불러보는 내 노래.

마이크를 통해 내 목소리가 흘러나가자 숨죽이고 있던 관객들이 하나둘 따라 부르기 시작했다. 그리고 곧, 마이크를 관객석 쪽으로 넘겨 노래를 몇 마디씩 주고받으며 〈Good-night Kiss〉를 같이 제대로 즐겼다. 그곳에 있는 만 명이 넘는 사람들이 내 노래를 함께 '떼창'해준 것이다. 우리는 그 순간을 함께 즐기면서 2019년 어느 여름날의 추억을 같이 만들었다.

지금 생각해도 뭉클하고 감동적이다. 가끔씩 무대 위에서 이렇게 감정 소통이 잘될 때면 소름이 끼친다. 무대를 보고 있는 사람들의 마음이 노래하고 있는 내 온몸에 맞닿아서 느껴지는 짜릿함 같은 거다.

노래하고 춤추면서 생기는 행복한 에너지가 보는 사람에게 전달되고, 그런 무대를 바라보며 즐기는 사람들을 보면서 나는 더 즐겁고 행복해지는 무한 동력의 순간. 정말 이 세상의 모든 것은 서로 주고받고 있는가 보다. 그럼으로써 시너지가 생긴다. 그날도 흥을 주러 갔다가 엄청난 흥을 다시 받아버렸다. 노래하는 사람으로서 최고의 행복을 누려본 날이다.

노래하길 잘했다 진짜.

Beauty & the Beast

데뷔 초에는 '뷰티'라는 잣대로 나를 공격하고 내 외모에 대해 평가하는 것을 당연하게 생각하고 그저 받아들였다. 그러므로 당연히 그에 대한 스트레스를 달고 살았다.

몇 년 사이에 분위기가 많이 바뀌긴 했지만, 내가 한창 활발하게 무대에 설 때만 해도 여자는 인형처럼 예뻐야 하고, 메이크업을 한 얼굴도, 메이크업을 지운 민낯도 예뻐야 하고, 말라야 되고, 그러면서도 잘 먹어야 하는, 이런 기준들이 적용됐다. 메이크업을 안 하는 것은 용서가 안 되는 일이었고, 그게 또 개그 코드로 쓰였다.

"여자 연예인으로 살아간다는 건 어때요? 힘들지 않아요?"

그들은 무용담처럼 그 힘듦을 얘기해주기를 바랐다.

그 힘듦을 경쟁시켰다.

물론 나는 다른 연예인들과는 조금 다르게 살이 찔수록 이슈가 되고 사랑을 받는 독특한 캐릭터였지만 그마저도 당연히 전제 조건이 붙었다. 통통하고 건강하지만 뱃살은 없어야 했고, 얼굴은 항상 부기 없이 예쁘고 메이크업이 잘되어야 했고, 주름도 없어야 했고, 키는 작지만 힐을 신어서라도 어디서 어떻게 찍히든 비율이 좋아야 했다.

각자의 캐릭터에 부여되는 니즈들이 있다. 그래서 나도 많은 사람의 사랑을 받기 위해 그들이 원하는 모습이 되려고 자꾸만 나를 몰아붙였다. 그게 진짜든 허상이든, 어쨌든 다수의 사람이 '너는 그렇다'라고 정해버린 틀에 나를 가뒀고, 실제로 거기서 조금이라도 벗어나면 욕도 먹었다. 찰나의 사진이 내 인생 목표가 됐고, 목표 달성에 실패한 날은 쓸모없는 연예인이 된 것 같았다.

그리고 언론에서도 자주 물었다. '대한민국에서 여자 연예인으로 살아간다는 건 어때요? 힘들지 않아요?' 그들도 여자에 대한 미적 기준이 필요 이상으로 높다는 것을 알면서 이 사회에서 그 어쩔 수 없는 선택을 당신이 했으니 무용담처럼 그 힘듦을 얘기해주기를 바랐다. 그러고는 그 힘듦을 경쟁시켰다. 힐을 신고 안무 연습하는 영상이 올라오면 프로페셔널하다며, 발의 고통을 참고 몇 시간 동안 연습하는 여자 아이돌들의 노고를 칭찬한다. 물론 그것이 무대를 위한 선택이라면 프로페셔널한 모습일지도 모르지만, 선택과 강요가 이처럼 모호한 영역도 없다.

아름다움이란 무엇일까. 나는 이 카테고리를 어떻게 대해야 할 것인가. 아직은 확실한 결론에 이르지 못했고, 깨부숴야 할 것도 여전히 많다. 스케줄 없는 날에 비비크림이라도 바르지 않으면 누구를 만나는 게 아직 자신이 없다. 예쁘게 나온 사진을 인스타그램에 올릴 때면 이게 정말 내 마음에 드는 건지, 다른 사람 마음에 들 것 같아서 올리는 건지도 애매하다. 칭찬이랍시고 외모에 대한 코멘트를 건네고 뒤돌아서 아차 싶었던 적이 한두 번이 아니다.

그렇기에 젠더리스가 환영을 받는 최근의 분위기는 무척이나 반갑다. 예전에는 타이트하고 짧은 핏이 예뻐 보였는데 요즘에는 오히려 루즈핏이 훨씬 자연스럽고 예뻐 보인다. 사진을 찍을 때도 전에는 무조건 라인이 부각되게 이리저리 내밀고 힘을 주느라 온몸이 쑤셨는데, 요즘에는 늘어지고 자유롭고 편한 것들이 더 멋지게 느껴지고 맘에도 든다. S라인의 강박에서 벗어난 것이다. 이 시류를 타고 나 역시 나다운 무언가를 찾아가는 중이다.

　　모두가 좀 더 능동적으로 선택할 수 있으면 좋겠다. 여자들이 브래지어를 입지 않거나 메이크업을 하지 않아도 무슨 상관이란 말인가. 남자가 메이크업을 화려하게 하든 크롭티와 반바지에 힐을 신든 이상할 것 없다. 반대로 흔히들 정의하는 '여성미', '남성미'가 넘친다고 해서 그것을 눈치 보면서 숨길 필요도 없다. 중요한 건 범주화된 아름다움에서 벗어났느냐 머무느냐가 아니라 그 범주 자체를 잊는 게 아닐까. 또한 나는 그런 개별적이고 모호한 세계가 결국 여자가 드세다, 건방지다 같은 말로 폄훼되지 않고 남자가 내성적이다, 참하다 같은 말로 비난받거나 희롱당하지 않는 세계로 이어진다고 생각한다.

　　이 시대의 진정한 미인과 야수는 누구이며, 대체 어떤 모습일까. 정답은 없을 것이다.

Thank you, 악플러

내가 인스타그램에 사진을 하나 올리면, 여러 가지 수식어들이 붙어 수십 개의 기사가 난다. 그리고 거기에는 다양한 언어와 다양한 유형의 댓글이 달린다. 그때마다 빠지지 않는 게 있다. 오로지 나를 상처 주는 것이 목적인 비난으로 가득한, 심지어는 상상력도 쩌는 악성 댓글.

활동을 활발하게 하다 보면, 굳이 사진을 올리지 않더라도 자연스레 나에 대한 글이 많아지고, 그러면 당연하게도 악플을 매일 몇 개씩은 접하게 된다. 1일 10악플 정도 되려나.

못 믿을 수도 있겠지만, 나는 사실 악플이 고맙다. 무플보다 악플이 낫다고, 실제로 제일 무서운 것은 무관심이니까. 그런 의미에서 악플은 적어도 나에게 관심이 있다 정도로 해석할 수 있기 때문에 아주 반갑다. 물론 메인이 되는 감정이 미움이긴 하지만, 그래도 고맙다.

누군가를 미워하는 일은 실로 엄청난 에너지를 필요로 한다. 미움의 대상은 어쩌면 사랑하는 사람보다 더 자주 나타나 더 강력한 에너지로 하루 종일 마음을 괴롭힌다. 그런데 악플러는 그런 감정을 무려 나에게 써준 거다. 그냥 지나칠 수도 있는 나의 기사를 찾아보고, 굳이 아이디와 패스워드를 두드려 로그인을 해서, 내가 상처받길 바라며 고심한 단어들을 흥미 혹은 증오로 타이핑한 뒤 확인 버튼을 누르기까지. 적어도 몇 초에서 몇 분은 걸리는 수고스러운 작업이다. 자기만 생각하면서 살아가기도 바쁠 텐데 그 와중에 나를 잊지 않고 챙겨준 거다. 나에게 몇 칼로리나 소비하다니. 나는 그 점을 생각하면 너무 고마워 꼭 한번 얼굴을 보고 얘기를 나눠봤으면 하는 호기심도 생긴다.

그리고 악플러가 간과한 사실이 하나 있다. 미움이라는 감정의 가장 무서운 포인트는, 정이 든다는 거다. '정'이라는 정서의 방대한 역사를 갖고 있는 대한민국에서 미운 정이라니. 무시하지 못할 어마어마한 애증의 관계가 성립되고야 만다. 이제는 악플이 없으면 섭섭하기까지 하다.

더구나 그들은 모르겠지만, 나는 악플러를 팬으로 만들고 싶은 욕구가 넘쳐 흐르는 뼛속까지 관종인 사람이다. 내게는 승부욕을 자극하는 좋은 존재들이다. 그래서 그들의 미운 말들은 타격 하나 주지 못하고 오히려 아주 좋은 삶의 원동력이 된다. 가끔 뭐, 고려해볼 만한 영양가 있는 의견은 조금 참고하기도 하면서.

그들의 미움으로 인해 내가 더 나은 사람이 되어가는, 오로지 그들만 더 열 받고 나에게는 나름 효율적인 아웃풋이랄까.

그럼에도 나는 그들이 악플을 멈췄으면 하고, 더불어서 그들의 인생이 행복하기를 바란다. 누군가를 미워한다는 것은 스스로를 갉아먹는 괴로운 행위다. 나도 누군가를 미워해봐서 안다. 아이러니하게도, 미워하면서 미워죽겠는 대상을 닮아가는 경우도 더러 있다. 미워하는 상대가 불행했으면 좋겠는데 그는 1도 신경 쓰지 않고, 심지어 그와 비슷해져버린다면, 하루 종일 미워한 수고가 허사가 되는 것 아닌가.

완전히 손해 보는 장사다. 하지만 그 반대인 좋아하는 감정은 감히 비교도 안 될 만큼 더 막대하고 긍정적인 에너지를 갖고 있다. 예뻐하고, 좋아하고, 사랑하는 그런 것들은 그 영향력이 마치 기적을 만들어낼 정도로 어마무시해서 이것을 써먹는 편이 삶에는 훨씬 더 이롭다.

나는 누군가 미워질 때마다 내 시간이 아까운 것을 상기한다.

이뻐만 하면서 살기도 모자란 인생인데, 미움으로, 분노로, 증오로 다 채워버리기엔 너무 아깝지 않은가.

나를 미워해주는 것도 나는 너무 좋지만,

그냥 악플러 당신의 인생이 조금이나마 행복했으면 해서,

부디 누군가를 좋아하는 시간에 더 에너지를 쏟았으면 한다.

물론 그게 결국 나여도 좋고.

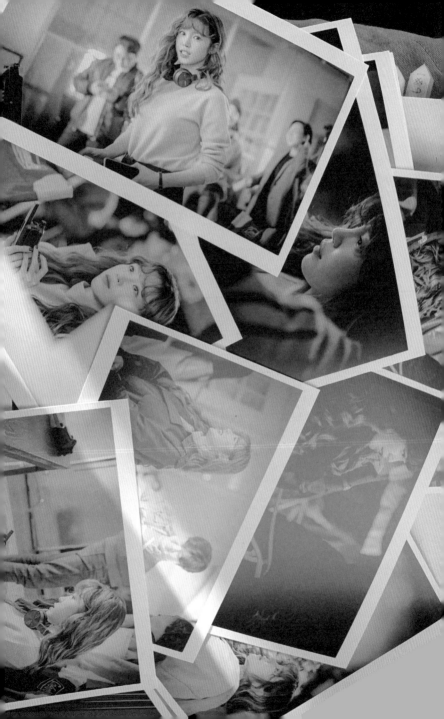

나를 미워해주는 것도 나는 너무 좋지만

부디 누군가를 좋아하는 시간에 더 에너지를 쏟았으면 한다.

물론 그게 결국 나여도 좋고.

'졌지만 잘 싸웠다.' 나는 이 말이 아주 맘에 든다.

혹여나 그 말이 뒤처진 사람들을 위로하기 위해

만들어진 말이라 할지라도.

우리는
모두 웃프면서
배운다

따뜻한 바람

뜻하지 않은 공백기를 한창 보내고 있을 때의 일이다. 영원히 쉬는 것은 아닐까 하는 불안함이 몇 날 며칠 동안 머리를 떠나지 않아서 뭐라도 조언을 구하고자 만났던 친한 언니가 내게 이런 말을 해줬다.

'쉴 수 있을 때 즐겨라.'

이 말은 일은 곧 잘 해결될 것이고, 다시 전처럼 바빠지면 또 언제 쉴지 모른다는 아주 긍정적인 결과를 바탕에 둔 조언이라 나에겐 빛과 소금처럼 느껴졌다. 그리고 믿어보기로 했다.

이왕 쉬는 거 해외여행을 가보자 싶었다. 해외는 일로만 몇 번 다녀온 것이 전부였고, 가도 리허설하고 공연하고 바로 돌아오기 바빴으니, 내게 무려 2박 3일의 해외여행은 아주 큰 도전이었다.

고등학교 친구와 둘이서 공항에 다다랐을 즈음에는 이미 불안함은 온데간데 없고 설렘이 대놓고 춤을 추고 있었다. 공항에서 짐을 부치고, 친구와 사진을 찍으며 기다리다 드디어 비행기에 올랐다. 두 시간 정도의 짧은 비행이긴 했지만, 나는 만반의 준비를 한 상태였다. 아, 그런 줄 알았는데 아니었다. 전날 밤에 비행기에서 볼 영화를 야무지게 다운받아놓고는 제일 중요한 이어폰을 두고 온 것이다. 두 시간 동안 망부석이 되어야 했던 나는, 옆에서 친구가 패드로 전자책을 읽는 것을 보고, 얼마 전에 받아둔 전자책들이 생각나 당장 목록을 쭉 훑었다.

소설을 읽을 정도의 집중력을 발휘하기에 두 시간은 너무 부족하므로 읽기 쉬운 에세이를 골랐다. 표지도 핑크핑크한 것이 여행을 앞둔 내 기분과 딱 맞았다. 제목도 무척 끌렸다.《그러니 바람아 불기만 하지 말고 이루어져라》. 중의적이면서 우아했다. 그렇게 오랜만에 책이라는 것을 읽기 시작했다.

Part 3 우리는 모두 웃프면서 배운다

"꽃이 폈을 때 예쁜 걸 모르는 사람은

언제나 봄을 그리워하게 되어 있어요

당신을 소중하게 대하지 않은 사람들은 언제나 당신을

지나치고 나서야

당신이 소중했다고 느끼게 된다는 말이에요.

예쁨만 받고 자라나요.

온갖 상처받는 말들은 당신을 위한 게 아닙니다.

당신은 사랑스러워서 참 고마운 존재입니다."

불확실한 것들에 치여 마음이 까맣게 닳아 있었다. 사실은 이 여행조차도 계속 마음 한구석에서는 내가 이런 호사를 누려도 되는 걸까, 이 여행이 무언가 안 좋은 영향을 주진 않을까 하는 쓸데없는 걱정이 들 정도였으니까.

그때 운명처럼 만난 희망으로 가득한 따뜻한 위로의 글에 나도 모르게 눈물이 났다. 그리고 뭐랄까, 그때 당시의 답답한 속내를 시원하게 대신 외쳐준 것 같았다. 그래, 제발 내 바람도 이리저리 불기만 하지 말고 내 앞에서 이루어져라, 제발.

이 위로가 나처럼 힘들어하고 있는 사람들에게도 전해졌으면 해서, 몇몇 페이지를 캡처해 인스타그램에 올렸다. 예쁨만 받고 자라나라는 그 용기를 주는 말들 때문인지, 누군가는 이 책이 마치 '덕질멘트북' 같다는 댓글을 남기기도 했다. 사랑하는 사람에게 해 주고 싶은 말들로 가득하니 그럴 법도 하다.

나는 그 책에서 가장 듣고 싶었던, 그리고 언제 끝날지 모를 앞으로의 시간을 버텨내는 데 꼭 필요했던 말을 들었다. 모두 잘되고 있다고 따뜻하게 확신을 갖고 나를 안아주는 응원을. 혹시, 그 책을 만나려고 내가 여행을 가게 된 것이 아닐까. 어쩌면 이어폰을 두고 간 것도 다 신의 계획 같은 것은 아니었을까. 책 한 권의 힘은 상상 이상으로 컸다.

그 책으로 인해 정말 나의 바람도 이루어지는 건 아닐까 하는 기분 좋은 기대감이 여행 내내 이어졌다. 나의 여행은 사소한 실수 덕분에 그렇게 시작하기도 전에 완벽해졌다.

빈틈의 이유

침묵을 못 견디는 사람이 있다. 내가 그렇다. 누군가와 대화를 할 때면 어쩐지 항상 좋은 리액션을 해줘야만 할 것 같다. 어떨 때는 얘기를 들어주는 것에 과하게 집중한 나머지 진짜 얘기는 못 듣고, '나는 당신의 얘기를 잘 듣고 있습니다' 하는 리액션만 하고 있는 나를 발견하기도 한다. 재미없는 얘기에도 '진짜?' 하고 기계적으로 되물으며 억지로 웃기 바쁘다. 남의 말을 들을 때만 그런 것도 아니다. 내가 하는 말에 상대방이 부정적인 반응을 보이지는 않을까 싶어, 그런 분위기가 조금이라도 느껴지면 말이 끝나기 무섭게 선수 쳐서 웃어버리고 다른 대화로 넘어가곤 한다. 단 1초도 되지 않는 그 찰나의 정적을 나는 도무지 견딜 수가 없다.

전에는 나의 의견과 상대방의 의견이 다르다는 것이 나쁜 것인 줄 알았다. 어찌 보면 애초에 타인과 생각이 똑같을 수가 없는데 말이다. 그렇다고 해서 틀린 것도 잘못된 것도 아닌데, 그 사실 자체가 주는 어색함이 매우 불편하기만 했다. 마음속 어딘가 부정당한 기분이 들어서 위축되고, 마찬가지로 상대방에게 그런 기분을 안겨 줬을까 봐 오지랖 넓게 걱정도 했다.

이런 성향이 방송을 할 때는 참으로 도움이 많이 된다. 같은 이야기라 해도 리액션 하나에 분위기가 달라지는 프로그램에서는 리액션이 크고 좋은 나의 캐릭터를 매우 마음에 들어 했다. 오죽하면 그 분량 따내기 힘든 '아이돌 육상대회'에서 경기가 아닌 응원만으로 10분 넘는 분량을 차지한 적도 있다. 즐거워하는 나의 리액션이 방송을 보는 시청자까지 즐겁게 할 수 있으니 나름 좋은 재능이다.

그렇게 쓸모 있는 재능으로 여러 예능에서 패널을 맡았고, 꽤 많은 프로그램의 MC까지 주어졌다. 프로답게 활약하고 있다고 자부하던 때, '비디오스타' 모니터링을 하다가 별안간 좌절할 수밖에 없었다. 방송을 보는 80분 동안 몇 번을 헉했는지 모른다. 정말 내가 아주 쉴 새 없이, 듣기 거북할 정도로 너무나 열심히 오디오를 채우고 있었다. 손발이 오그라들고 눈살이 찌푸려졌다. 저 멈출 줄 모르는 해맑은 입 좀 막아버리고 싶었다. 볼륨이라도 작았으면 괜찮을 텐데 뭘 저렇게 열심히 소리치는지. 어쩐지 녹화 끝나고 목이 다 쉬었더라니. 데뷔 초부터 방송 분량을 확보하기 위해 노력하던 것이 배어서 그런 건지 아주 지칠 줄을 몰랐다. 자기애를 좀 보태서 보아도 확실히 별로였다. 나의 막무가내스러운 노력이 아주 나를 막무가내로 공격했다. 뼈 맞은 기분이었다.

아 그렇다. 매사에 열심히 하는 게 능사는 아니다. 모두를 위해서 최선을 다한다고 생각했는데 아무에게도 도움이 되지 못했다. 그렇게 나의 과한 열정에 몇 대 맞아서 뼈가 부러진 뒤에야 빈틈과 여유를 즐길 필요가 있다는 것을 뼈저리게 이해할 수 있었다.

하나의 프로그램 속에는 각자의 역할이 있고, 내가 소화해야할 만큼의 오디오만 채우면 그것이야말로 아주 잘해낸 것이다. 그래서 이제는 마냥 열심히 오디오를 채우는 일 말고, 치고 빠지는 데 노력을 기울인다. 딱 내 캐릭터, 그 프로그램에서 내게 주어진 몫에 집중한다. 이편이 체력을 효율적으로 쓰게 도와줘서, 훨씬 더 프로그램을 즐기면서 촬영할 수 있다. 그러고 나니 오디오도 더 이상 부

담스럽지 않게 됐다. 이제는 나름 오디오가 비는 시간, 그 고요함을 즐길 줄 안다. 물론 여전히 마음속에서는 리액션의 본능이 꿈틀대서 절제가 어렵긴 하지만.

살짝의 빈틈은 장점들이 많다. 실수를 줄여주고, 신중을 더할 기회를 준다. 서로의 생각이 다르면 다른 대로 받아들일 수 있는 여유도 마련해준다. 누구든 나와 같은 고민을 하는 사람이 있다면 잠깐만 리액션의 볼륨을 줄여보길. 그때부터 오히려 더 깊은 대화가 시작될 테니.

2등의 무게

언젠가 화보를 찍고 인터뷰를 하다가 "스스로가 생각하는 본인은 어떤 사람이에요?"라는 질문을 받았다. 왜인지는 모르겠지만, 마음 한구석에 넣어두고 잘 들여다보지도 않던 생각이 그때 문득 튀어나왔다.

"저는 늘 2등을 하는 사람 같아요."

정말, 늘 그랬다. 모든 일에 기준치가 높아서 최선을 다해보지만 성에 차는 때가 거의 없었다. 남들보다 특출하게 잘난 편이 아니기에 남들 하는 만큼 하려면 그들보다 몇 배는 더 노력해야 겨우 평균치를 맞출 수 있었다. 하지만 그 노력마저도 사실은 힘들다 혹은 귀찮다, 라는 감정과 자주 마주했고, 결국은 이겨내지 못할 때도 더러 있었다.

그런 과정을 반복하다 보니, 어찌어찌 위쪽으로 가기는 하는데 정작 무게를 견뎌야 하는 왕관을 써본 적은 손꼽아 셀 수 있을 정도로 적었다. 누군가는 그런 것을 애매한 재능이라고 하더라.

예전에는 그런 나 자신을 많이 다그쳤다. 왜 그것밖에 못 할까? 1등 좀 해보고 싶은데. 늘 어딘가 몇 프로 부족한 내가 한심하고 밉상이라 칭찬을 해줄 일이 별로 없었다. 실제로 내가 했던 무대들에 단 한 번도 만족한 적이 없다. 더 잘할 수 있을 것 같은데, 더 완벽하고 싶은데, 답답한 놈 쯧쯧 하면서.

그런데 요즘은 생각이 조금 바뀌었다.

1등은 참 좋지만 그건 아주 잠시뿐이다. 왕관을 내려놓지 않기 위해 수많은 시련과 무게를 견뎌야 한다. 불안함, 걱정, 부담감, 그래서 몇 배는 더 힘든 노력, 늘 쫓기는 기분. 멋져 보이지만 당사자로

우리가 살아가는 모든 과정이 행복하지 않다면 무슨 소용일까.

그 결과로 가는 길이 행복하다면 우리는 모두 유의미하다.

서는 괴로운, 스스로의 한계를 뛰어넘어야만 하는 날들의 연속이다. 그리하여 1등에게는 경우의 수가 둘뿐이다. 1등의 자리를 지키거나 내려가거나. 반면 2등에게는 경우의 수가 세 가지다. 올라가볼 수도 있고, 자리를 지킬 수도 있으며, 내려가기도 한다. 이 하나의 차이로, 2등에게는 1등은 갖기 힘든 여유와 승부욕이 생긴다.

요즘엔 그런 말도 있지 않은가. '졌지만 잘 싸웠다.' 나는 그 말이 아주 맘에 든다. 혹여나 그 말이 뒤처진 사람들을 위로하기 위해 만들어진 말이라 할지라도. 결과가 만족스럽지 못할지언정 그 과정이 아름다웠을 때만 들을 수 있는 말이니까.

실제로, 우리가 살아가는 모든 과정이 행복하지 않다면 무슨 소용이 있겠는가.
그 결과로 가는 길이 행복하다면 우리는 모두 유의미하다.

늘 2등을 하는 사람 같다는 그때의 말은, 그러니까 이런 나를 편안히 받아들인다는 고백이자 계속 노력을 그치지 않겠다는 다짐과도 같았다.

그래서 나는 위로 올라가 볼 수도, 내려가 볼 수도 있는 적당한 이 2등의 무게가 좋다.

나를 찾아줘

지금껏 활동했던 곡 중에 가장 화려한 콘셉트였던 곡은 〈나를 찾아줘〉다. 그래서 지금까지도 코디가 영혼까지 갈아 넣은 것 아니냐며 역대급 비주얼 앨범으로 심심치 않게 회자되고 있다.

하지만 사실 그 앨범을 준비할 때 나는 행복에 집착하는 역대급으로 초라하고 불행한 모습이었다. 그 전에 낸 〈반해〉라는 곡이 〈Good-night Kiss〉만큼 성공적이지 못해, 이번 앨범마저 좋은 성적을 얻지 못하면 어쩌나 하는 불안함에 매일을 시달렸다. 그런 걱정에 휩싸여 있었기 때문인지 〈나를 찾아줘〉는 성공적이지 못했다.

하나의 앨범이 만들어지기까지는 치열한 고민과 과도하다 싶을 정도의 애정이 필요하다. 곡의 단 0.1초도 사실은 까다로운 심사 끝에 살아남은 소중한 부분이다. 수없이 갈고 닦아 또 다른 나를 담아내는 흥미로우면서도 수고스러운 작업. 그렇게 탄생한 자식 같은 앨범은 세상에 공개되고 단 한 시간 만에 성적표를 받았다.

그 때문에 나는 자주 우울하고 허무했다. 내가 아무리 애정을 쏟아도 사람들이 예뻐하지 않으니, 괜히 어렵사리 만들어낸 곡들에 그 탓을 돌렸다. 정신 차려보니 어느 순간에는 잘될 것 같은 음악만 만들려고 애를 쓰고 있었다. 당연히 색깔을 잃어갔다. 어쩌면 가수로서 생명력은 이제 다한 것이 아닐까 싶었다.

직업을 포기하거나 바꾸는 사람들의 마음이 아마도 이런 걸까. 나를 가장 화려한 곳으로 이끌어주던 음악이었건만 이제는 눈치만 보고 있는 현실이 너무 아팠다. 홀대받는 것도 싫고, 더 누추해지기 전에 마지막 모습이라도 예쁘게 기억되도록 해주는 것이 예의가 아닐까. 그렇게 잘못도 없는 나의 노래들을 멀리하고, 놓아주려고 했다.

혼자만의 외면하기를 계속하던 그때, 나에게 갑작스러운 공백기가 찾아왔다. 무대에 서고 싶어도 설 수 없게 되자 오히려 나를 위로한 것은 그토록 멀어지려고 했던 음악이었다.

오랜만에 다른 가수들의 라이브 무대를 찾아보는 일은 어릴 적 소풍 날 하던 보물찾기 같았다. 무대 위의 그들은 너무 행복해 보였고, 자기가 부르는 노래를 진심으로 사랑하고 있었다. 그래서 보는 나까지 사랑에 빠지게 만들었다.

나에게 물었다.

세상에 이렇게나 좋은 뮤지션들이 많고, 넘쳐나도록 다양한 장르의 음악들이 있는데, 내가 목을 매던 음원 순위가 정말로 그만큼의 의미가 있는 걸까. 사람들은 그저 저마다 자기가 좋아하는 음악을 듣고 거기서 위로를 받으며 살아가고 있던 건 아닐까.

너무 사랑해서 미워지는, 그래서 보기만 해도 아픈 존재들은 꼭 한 번쯤, 멀리 떨어져서 바라볼 필요가 있다.

다시 노래하고 싶어졌다. 행복한 표정으로 노래하던 영상 속 그 뮤지션은 대체 어떤 기분이었을까. 나도 진짜 행복하게 노래했던 그때 그 기분을 다시 느껴보고 싶어졌다. 내가 하고 싶은 이야기를, 내 말투로, 내 표현법으로 노래하고 싶어졌다. 내가 부르면서 너무 행복해서 좋아죽겠다면, 그렇게 나부터 행복해질 수 있는 노래라면 성적표가 어찌 되어도 괜찮겠다. 미워하지 않고 사랑만 해줄 수 있겠다.

그래, 순위가 뭐 그리 중요하고, 또 망하면 어떤가. 애초에 내가 음악을 통해 받은 위로를 나 역시 누군가에게 전해주고 싶어서 시작했던 일이 아니었던가.

그래서 음악과 다시 한번 사랑에 빠져보기로 했다.

이번에는 내가 선택했으니 찾을 수 있을 것만 같다. 그렇게 만나고 싶었던 진짜 행복한 나를, 찾을 수 있을 것 같다.

이불킥의 밤

어젯밤도 격렬하게 이불킥을 하다 잠이 들었는지 이불이 침대 반쯤 내려가 걸쳐져 있다.

하루를 마무리하고 내일을 대비하는 나만의 소소한 습관. 나는 매일 밤 잠들기 전에 머리로 일기를 써버릇한다. 오늘 하루가 어땠는지 되짚어보며 오늘을 지나온 감정과 행동을 되새김질하는 거다. 이제는 안 하려고 해도 머리가 제멋대로 하루 일과를 훑어보고 있다.

'오늘은 멘트가 좀 오버스러웠어.

아…… 그 애드리브는 치지 말걸.

아무리 생각해도 어이없네. 뭐 그런 놈이 다 있지?

아, 아까 이렇게 멋있게 경고를 해줬어야 했는데!

그 안무는 몇 번을 연습했는데 왜 틀렸을까.'

끝없이 이어지는 다양한 후회와 다짐. 생각만 해도 화끈거려서 쥐구멍으로 숨고 싶은 일들은 한층 더 고화질로 강렬하게 떠오른다. 당황스러워 흔들리는 동공, 더듬거리는 목소리, 붉어진 볼. 사고회로가 정지된 나의 모습을 4D ScreenX관에서 4K로, 그것도 한가운데 VIP석에서 볼 수 있다. 당연히 사운드는 서라운드다. 그러면 아까 충분히 당황스러웠던 그때가 다시 한번 나를 당황시켜 살벌한 이불킥을 남발한다.

그렇다고 매일이 후회와 부끄러움의 이불킥은 아니다. 뿌듯한 하루를 보냈을 때, 그리고 사랑에 빠졌을 때는 뜻밖의 장점도 있다. 나를 보던 따스한 그의 눈빛과 그 뒤에 펼쳐진 무드 있는 가로등 불빛, 설레는 목소리, 꿀 떨어지는 말투. 그리고 안길 때마다 그를 더 좋아하게 만드는 달콤한 향까지. 아직도 그가 옆에 있는 것처럼 생생하게 입체적으로 행복해진다. 다시 보고 싶은 순간들은 되새길 때마다 그 설렘이 더 진해지고 깊이 간직된다. 어찌할 바를 모를 만

큼 좋아죽겠는 이불킥은 훨씬 더 에너지가 많이 소비되지만, 해도 해도 또 하고 싶어진다.

무엇보다 이 습관의 제일 좋은 점은 내 감정에 믿음이 생긴다는 것이다. 그렇게 감정을 4D, 서라운드로 마음껏 느끼고 나면 감정을 떼어놓고 사실 자체만 바라볼 수 있게 된다. 왠지 모르게 일단 거부감이 들고 기분이 나쁠 때가 더러 있다. 그 당시에는 이유를 모르겠다가도 밤이 돼서 되새김을 시작하면 왜 그렇게 기분이 나빴는지가 보이기 시작한다.

내 기분이 나빴던 데에는 충분한 이유가 있었고, 과민 반응이나 성질이 더러워서가 아니었다는 걸 알게 된다. 이해되지 않던 일이 이해되고, 반대로 무심코 넘어갔던 일에 이해심을 베풀어서는 안 됐다는 것을 알게 되기도 한다. 그런 과정들이 쌓여서 나름의 데이터베이스와 노하우가 생긴다. 그렇게 되면 갈수록 나의 느낌에 대한 의구심이 줄어든다. 스스로의 느낌, 기분, 감정에 신뢰가 쌓이는 거다.

이제는 내일에 대한 시뮬레이션까지도 나아간다. 후회로 가득한 오늘 밤의 이불킥은 내일 밤엔 후회로 이불킥할 일 없는 하루를 보내보자는 다짐으로 이어진다. 그래서 같은 실수를 반복하지 않게 잡아주고, 모든 일을 섬세하게 계획할 수 있도록 도와준다.

또, 어떤 일을 앞두고 선택해야 할 때, 혹은 누군가에 대해 판단해야 할 때도 이 습관은 아주 유용하다. 다년간의 이불킥으로 만들어진 나만의 데이터베이스를 믿고 결정을 내리기 때문에 나름 객관적이고 나에게 좋은 선택을 할 수 있다. 매일 밤 알아서 사전조사를 하는 셈이다.

물론 나에 대해서도 잘 알게 된다. 3인칭, 1인칭을 넘나들며 여러 각도로 나를, 나의 하루를 바라보기 때문이다. 스스로와 끊임없이 대화하고, 스스로를 꾸짖기도 하고 냉정하게 평가하기도 하지만 결국에는 용기를 주고 잠드는 매일매일이 나의 자신감에 근거를 쌓아준다.

이제 이불킥은 내 평생의 자장가라고 해도 과언이 아니다. 지치거나 도망칠 법도 했던 힘든 날들을 버틸 수 있게 도와준 수많은 날들의 이불킥. 오늘의 이불킥은 부디 뿌듯함으로 가득했으면 좋겠다.

달콤쌉싸름한 시리얼바

작년 이맘때쯤, 일찍 일어나 미팅하고 필라테스에 테니스까지 하고 마사지도 받은 날이었다. 그렇게 하루를 알차게 보내면, 특히나 마사지까지 받은 날에는 머리가 아주 떡이 지고 얼굴이 다소 붓는다. 그러니까 누가 보지 않았으면 싶은, 나를 알아보지 못했으면 하는 몰골이 된다.

어쨌거나 바쁘게 움직이느라 허기가 졌던 나는 편의점에 들러 스스로에게 선물을 줬다. 최애 시리얼바를 입에 물고 집으로 가기 위해 버스를 기다리고 있었다. 아, 고생 끝에 낙이 온다더니, 시리얼바 하나에 피로가 싹 풀리는 것만 같았다. 마스크를 반쯤 턱에 걸친 상태였지만 사람들이 혹시나 알아볼까 싶어 핸드폰에 시선을 고정하고 있었고, 그러면서도 시리얼바 먹는 것을 멈출 수가 없었다.

하지만 괜찮았다. 나는 눈치가 빠르니까.

10년 넘게 연예인 생활을 하다 보면, 주위의 분위기를 감지하는 데는 아주 귀신이 된다. 나를 알아보고 수군댄다거나 몰래 사진을 찍으려고 한다거나 하는 움직임들을 단번에 알아챌 수 있다. 아직은 그런 움직임이 없다고 생각하던 찰나, 2미터 정도 떨어져 있는 한 남자가 나에게 오려고 기웃기웃하는 게 느껴졌다.

아…… 지금 몰골이 말이 아닌데, 나를 알아봤구나. 사인을 받으려고 그러나? 아, 저렇게 티 나게 우물쭈물하는 것을 보니 사진을 부탁하려고 그러나? 하는 생각들이 오가는 와중에도 자꾸 허기가 져서 시리얼바를 한 입 더 베어 먹었다. 아, 먹지 말걸.

그 남자는 결정을 내렸는지 쭈뼛쭈뼛 다가오더니 내 어깨를 닿을락 말락 톡 쳤다.

나는 방금 입에 들어간 시리얼바를 다 삼키지 못한 채 어색한

미소를 장착하고 뒤를 돌아봤다. 그 남자는 내가 곁눈질로 가늠했던 것보다 키가 훨씬 컸다. 훤칠한 사람이 티가 나게 왔다 갔다 한 탓에 같이 버스를 기다리고 있던 사람들의 이목까지 끌어버렸다. 주위 사람들과도 눈이 마주쳐버린 나는 속으로 생각했다. 아, 다른 사람들도 나를 알아봤구나. 어쩌지.

그때 그 남자가 작은 목소리로 살짝 떨면서 말했다.

"연락처 좀 알 수 있을까요?"

나와 눈이 마주치고도, 내가 누구인지 전혀 눈치채지 못한 것 같았다. 그는 진지했다. 아무리 메이크업을 안 했기로서니, 헌팅이라니. 사진을 찍어주려고 나름 마음의 준비를 다 했는데. 저 뒤에 있는 사람들은 나인 걸 알아챈 거 아닐까? 아, 차라리 몰랐으면, 끝까지 몰랐으면. 막 얼굴이 화끈거렸다.

몇 초도 안 되는 사이, 수많은 생각이 뇌리를 스쳤다. 나는 어색하게 웃으며 "죄송합니다" 하고 고개를 숙였다.

"아…… 안 돼요?" 하고 부끄러운 기색이 역력한 그가 다시 한 번 용기를 냈다. 나는 멋쩍게 웃으며 다시 인사를 넙죽 하고는 정류장 뒤쪽으로 자리를 슬쩍 옮겼다. 그대로 있다가는 진짜 나를 알아볼까 싶어서는 아니었고, 거절당한 그와 그것을 지켜보던 이들까지 다 같이 민망해질까 싶어서였다.

잠시 잊고 있던, 손에 쥔 시리얼바를 입에 다 넣어버렸다. 우걱우걱 씹는데, 아까까지만 해도 너무 달아서 이 세상 맛이 아니다 싶었던 것이 갑자기 좀 쌉싸름해졌다.

아하하! 더 열심히 일해야겠다!

Part 3 우리는 모두 웃프면서 배운다

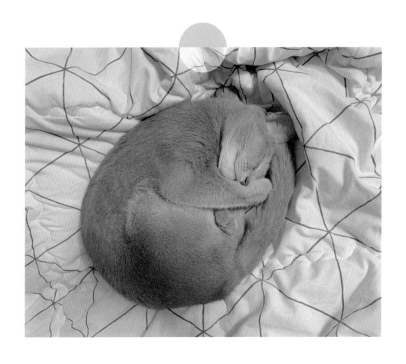

아하하! 더 열심히 일해야겠다!

늘 2등을 하는 사람 같다는 그때의 말은,

나를 편안히 받아들인다는 고백이자

계속 노력을 그치지 않겠다는 다짐과도 같았다.

너는 햇살이었다가 노을이었다가

밤에는 또 별이었다가,

그렇게 하루 종일 내 마음을 비춘다.

내 옆자리,
그리고
빈자리

Part 4

사랑에 빠지다

따뜻한 노을이 황홀하게 우리만을 비추고,
내 옆에는 니가 있고
꼭 잡은 두 손이 참 예뻐 보인 그때.

너의 어깨에 기대어 시원하게 불어오는 바람을 맞으면
내 볼에 간질간질하게 닿던 니 머리카락,
그리고 니 마음만큼 따뜻한 온기가 전해지던 그때.

그런 니가 너무 좋아서 너를 살짝 올려다보면
예쁘게 웃으면서 나를 안아주는 너에게서 느껴지는 향기마저

정말 딱 내 취향인 데다가

저 하늘까지 내가 좋아하는 색깔로 물들어버린 그날.

내 마음이 왜 이렇게 커지는지

도저히 감당이 안 돼서

내 마음이 왜 그런지

도저히 모르겠지만 니가 너무 좋아서

계속 나에게 물었어.

대체 왜 이렇게 네가 좋은 걸까?

너는 어떻게 나한테 왔어?

수많은 사람 중에 어떻게 딱 나에게 와준 거야?

니가 너무 좋아죽겠는 데에는

아무리 생각해도 이유는 없고

그토록 많은 사람들 틈에서

내가 좋아하는 니가 나를 좋아하는 기적을 만나

그저 신기하기만 했던 그때,

이유 같은 건 아무렴 몰라도 상관없었던 그날.

Part 4　내 옆자리, 그리고 빈자리

멈췄다고 생각했던 내 마음이 결국은

니 덕분에 다시 설레버렸고

부정하던 영원한 사랑의 존재를

모른 척 다시 믿어보고 싶었던 그때,

우리만큼은 예외를 두어도 좋겠다 싶었던 그날.

이렇게 행복해도 괜찮은 걸까 걱정되던 그때,

영화 속의 주인공이 된 것처럼

완벽한 이 순간을 누가 가져갈까

차라리 시간이 멈춰버렸으면 좋겠다고

철없이 바랐던 그날.

너는 어떨까.

조금은 나와 비슷한 걸까.

아니다, 나랑 완전히 같았으면 좋겠다.

딱 나처럼 행복했으면 좋겠다.

내 마음 여기저기로 니가 번져가고,

내일이면 너는 영락없이 더 진해지겠지.

참 예쁘다, 너.
되게 신기하다.

따뜻한 햇살을 마주하고 있는 것 같아.
너를 표현할 단어들을 생각해봤는데,
완전히 같은 것은 없고
그나마 비슷한 것은 햇살이었어.
햇빛도 아닌 햇살.
이런 사람이 진짜 있구나.

그 전에 내가 했던 것들은 다 가짜였나 보다.
사랑이란 게 처음인가 보다, 나.
내 진짜 사랑은 지금부터인가 보다.

너는 햇살이었다가 노을이었다가
밤에는 또 별이었다가,
그렇게 하루 종일 내 마음을 비춘다.

지금의 내가 지금의 너를 만나려고
이렇게 열심히 달려왔나 보다.

행복한 순간들을 지나며
좋은 사람을 알아보는 눈을 가지게 된 것도,

여태 그리 많은 아픔을 겪고도
무언가에 이끌리듯 다시 한번 힘을 낼 수 있었던 것도,

내게 다가온 따뜻한 너의 온기를
놓치지 않고 온전히 느낄 수 있도록 하기 위해서였나 보다.

지금의 내가 아니었다면,
지금의 니가 아니었다면,
우리는 그저 스쳐 지나치는 사이가
되었을지도 모를 일이다.

내 마음이 넘치진 않을까 부족하진 않을까,
별게 다 고맙고 별게 다 미안하니 참 별일이다.

모든 것이 이보다 더 좋을 수 없이,
완벽하게 행복했던 그때의 그날 알았다.
나는 확실히 사랑에 빠졌다.
나는 단단히 너에게 빠져버렸다.

꽃이 지다

아침까지만 해도 흐드러지게 피었던 꽃이 다 떨어져버리고
반나절 만에 앙상하게 가지만 남았다.
그의 마음 같아 신경 쓰였다.

어느새 다 져버린 걸까.
그런데 그마저도 참 예뻐서, 아직도 좋아서 나는 서글펐다.
해사한 꽃잎들이 이렇게 다 져버려
나뭇가지만 쓸쓸하게 남아 있어도
구석구석 여전히 예뻐 보인 탓에
나는 더욱 그것이 마음에 밟혔다.

"내가 변한 게 맞는 것 같아."

내가 그동안 들어온 수많은 이별의 이유 중
가장 깔끔하고 솔직했고
아팠다.
그래서 달리 할 수 있는 말이 없었다.

이제는 사랑하지 않으니
서로를 이해할 마음도 없는 것이 당연했다.
요구할 권리도 없는 것이 마땅했다.

나는 그의 허무맹랑하고
가끔은 신기할 정도로 해맑은 자신감이 좋았다.
내겐 없는 것을 가진 그가 그저 부러웠고 멋져 보였다.
빈말은 하지 않는 성격 덕분에
어느샌가 줄어든 애정 표현을 눈치채서 슬펐던 그날도,
역시 거짓말일 리 없는 그의 마지막 말이
그동안 앓아왔던 아픔의 이유에 너무나 타당했기에
나는 아무 말도 할 수 없었다.

사랑을 시작할 즘
서로가 너무 좋아서,
이 사랑이 끝나지 않았으면 해서
나의 사랑은 영원할 거라
서로 자신 있게 속삭이다
언젠가는 끝이 날 내기를 해버렸다.

그리고 결국, 그 내기는 끝이 났다.
나의 사랑은 아직 한창인데
그의 사랑은 어느새 저만치 저물어 있었다.

나의 안에서 그가 주체할 수 없이 커지는 동안
그의 안에서 나는 가늠할 수 없이 작아지고 있었다.

해가 저물었다. 햇살 같던 그가 저물었다.
노을 같던 우리도 이제는 부를 수도 없게, 다 져버렸다.

이렇게 돌아서면 이제는 진짜 안녕이겠지.
붙잡는다고 한들 돌이킬 수 없는 거겠지.

"……잘 가."

마지막 인사와 함께

가지 끝에 남아 있던 마지막 꽃잎 하나가 마저 떨어졌다.

마음에 난 상처는 몸에 난 상처만큼이나

선명하게 아파왔다.

나는 전에 들었던 대로 진통제를 먹었다.

벌써부터 아파서,

이따가는 도저히 감당하지 못할 것 같아서였다.

하루 종일 사랑이 피어나기만 해서

행복했던 그때 알았어야 했다.

이 사랑이 져버리면,

그 빈자리 역시 가늠하기 힘들 만큼 아플 거라.

하지만,

져버릴 것을 알았다 해도

나는 결국 꽃을 피웠겠지.

결국은 피어난 순간들의 아름다움만큼

찬란하게 아파올 것임을 알았다 하더라도.

그래도 결국은 아마, 똑같이 꽃을 피웠겠지.

그래서 아름다운 꽃이 피어나고, 봄이 오고야 말았겠지.

그래서 결국은 봄이 다 지나고, 꽃이 다 져버렸겠지.

그와 함께한 가을과 겨울은

내가 여태 만나본 계절 중에 가장 따뜻했고,

그다음 해에 함께한 봄은

내 생의 봄날 중에 가장 추웠다.

그리고 다가올 여름은

그가 없어서 더욱 추울 거였다.

세상에서 제일 아름답게 꽃을 피우는 방법을 알려주고는

이내 지는 것까지 지켜보는 봄도 마저 질 때까지

나는 아플 거였다.

헤어진 다음 날

'이제 더 좋은 사람 만나. 미안 다 괜찮아질 거야.'

나의 첫 작사 곡이었던 〈꿈이었니〉의 첫 부분 가사다. 내 인생 첫 이별, 그때 그에게 들었던 말이다. 정말 저 몇 마디로 몇 개월의 달달하던 연애가 끝이 났다. 어떻게 사랑에 빠졌는지는 잘 모르겠는데, 이상하게도 헤어지던 순간만큼은 일관되게 선명하다.

그가 말하는 헤어짐의 이유가 이해되지 않아도 별다른 해결책 같은 건 없었다. 혼자서는 불가능한 게 사랑이라 한쪽이 이별을 고하면 그것으로 이미 끝난 것이었다.

말로만 듣던 이별이란 것은 그 '명성'만큼이나 호되게 아팠다. 예고도 없이 폭탄을 맞은 마음은 성한 곳 하나 없이 전부 쑥대밭이 됐다.

하지만 헤어진 그날보다 더 차디찬 건 헤어진 다음 날의 아침이다. 눈을 뜨자마자 제일 먼저 마주하는 것이라고는 '아, 우리는 어제 헤어졌지' 하고 다시 한번 마음에 비수가 날아와 꽂히는 일이다. 당연하다는 듯 아침 인사를 하려고 핸드폰을 잡았다가 아차 싶어 다시 내려놓는다. 심장이 찢어질 것 같은 이별을 군이 재차 확인받는 거다. 심장도 아플 수 있구나. 심장이 아프다는 게 이런 거구나. 뇌가 멈추기라도 한 건지, 멍한 시간들이 계속된다. 하루아침에 건망증이라도 걸린 것처럼 자꾸만 무언가를 까먹는다.

이대로는 슬픔에 잡아먹혀 내가 사라질 것만 같아 외출이라도 하면, 온갖 것이 이별했음을 각인시킨다. 어디서 무얼 하는지 뭘 먹었는지 미주알고주알 말해주던 나의 습관이, 날씨가 좋으면 사진을 찍어 보내주던 그의 습관이, 길을 가다 새로 개봉한 영화 포스터를 볼 때면 같이 보자고 약속하던 우리의 규칙이, 다 깨져버린 채로 나를 건드리고 간다.

시도 때도 없이 떠오르는 그 모든 것들을 애써 외면하려면 무던히도 마음에 거짓말을 해야 한다. 나의 전부였던 그 사람, 하나도 안 보고 싶다. 시계가 고장 나지 않고 째깍거리며 잘도 가는 것을 보면 내 인생에서 그가 사라져도 살아는 지네, 숨이 쉬어는 지네. 그러므로 나는 괜찮다. 그래 그가 했던 말대로 곧 괜찮아지겠지. 그런 진부한 위로의 말들로 무너져내리는 마음을 끊임없이 부축해주어야한다.

이미 정리를 끝내고 덤덤하게 이별을 고했던 그는 하나도 신경 쓰지 않겠지만 아직 그곳에 남겨진 나는 그를 혼자서 미워하고 이해했다가 다시 밀어내기를 외로이 반복해야 한다. 세상에서 제일 사랑하던 존재를 억지로 싫어하는 짓은 아무리 해봐도 숨이 턱턱 막혀오지만 그러지 않고는 어쩔 도리가 없다. 그러지 않고서는 내겐 다른 선택지가 남아 있지 않다.

어떻게 하루를 보냈는지 모른 채 밤이 찾아오면 슬픔은 겨우 잠잠해졌다가도 다음 날 아침에는 여지없이 날카로운 모습으로 달려들어 다시 상처를 내고야 만다. 어디선가 들었다. 사람의 뇌는 아침엔 이성적이고, 저녁엔 감성적이라고. 그 사실을 온몸으로 받아들일 수밖에 없었다. 헤어지고 나서 맞는 매일의 밤들은 실낱같은 미련에 기대어 겨우 버텨낸다 해도 아침이 돌아오면 그럴 리 없다고, 정말 끝났다고 쓰라린 이별 선고가 들려올 뿐이었으니까. 그가 완전히 잊힐 때까지 매일 아침 나는 이별을 백번도 더 해야 했다. 내게 간절히 부탁했다.

알았어, 알았다고 나도 알아. 그러니까 그만해 제발.

헤어짐이 없는 인생은 불가능한 걸까. 이별은 너무 아픈데. 눈을 뜨자마자 이별이 심장에 꽂히는 그런 아침들을 나는 여전히 감당할 자신이 없다.

눈을 뜨자마자 이별이 심장에 꽂히는 그런 아침들을
나는 여전히 감당할 자신이 없다.

걷다

온몸에 힘이 다 빠져나간 채로
요 근래 며칠을 모두 흘려 보냈지만,
해야 할 일을 제쳐두지도 못해
나는 괜히 걸었다.

이어폰으로 흘러나오는 음악에 몸을 맡겨놓고
두 눈은 정면을 바라보고는 있지만
어디로 가고 있는지,
무슨 장면들이 내 시야를 스쳐가는지
미처 다 인지할 수 없었다.

그저 앞만 보고
천천히 걸어볼 뿐이었다.

이렇게 걷다 보면,
답답한 마음 구석구석도,
복잡하게 얽혀 있는 너에 대한 미련 같은 것도,
다 조용해질 수 있을 것 같았다.

그리고는 이내
또 네가 생각이 났다.

성격이 급한 것을 바꿔보고 싶다고,
너처럼 차분해지고 싶다고
시시콜콜 떠들던 내게
너는 천천히 걸어보라고 했었다.

호흡을 가다듬고,
내딛는 발걸음을 하나둘 느끼면서
평소보다 느릿하게 움직여보면

보이지 않던 주변의 작은 것들이 눈에 들어오고,

생각도 차분하게 할 수 있으니

꼭 이 방법을 써보라고 일러줬다.

너의 말을 듣자마자,

나는 천천히 걸었다.

그러고는 또 오목조목 잘생긴 네가 떠올라서

너는 참 잘생긴 것 같다고 말했다.

너는 어쩌다가 거기까지 생각이 흘렀냐고 물었지만,

싫지 않은 눈치였다.

나는 그냥 네가 또 보고 싶어졌고,

지금도 눈앞에 네가 그려지고,

네가 너무 좋다고 말해버렸다.

너는 이런 나에게 누군가 말을 걸지도 모르니

그냥 빠르게 걸으라고, 아니 달리라고 말했다.

우리는 서로밖에 모르는 우리 둘이 마냥 좋아서

한바탕 웃어버리고는, 다른 대화를 이어갔다.

아마도 나는

네가 보고 싶어서,

걸었나 보다.

온 마음을 건드리는 너를 걷어내보려고 걷는 것인데,
왜 하필이면 네가 했던 말이 떠오르고,
내가 너를 얼마나 좋아했는지,
네가 나를 얼마나 아꼈는지 하는 것들이
또 내 머릿속을 다 차지하는 것인지.
이렇게 짧은 시간 안에, 쉽게
너를 잊어보려던 시도는
역시나 수포로 돌아갔다.

생각해보니, 네가 알려준 방법을 써본 뒤로 쭉
걸을 때마다 너를 떠올리는 버릇이 들었었다.

아마도 나는
네가 보고 싶어서,
걸었나 보다.

그래도, 계속 걷다 보면 언젠가는 지칠 테고
그러다 보면 네가 보고 싶다는 생각보다
이제 그만 쉬고 싶다는 생각이 더 커지겠지.

그리고 오늘 밤도 무사히 잘 잠들 수 있겠지.

숨이 가쁘도록 네가 차올라서

사무치게 아프거나 할 정도는 아닌데,

먹구름이 별안간 천둥 번개를 치며 소나기를 퍼붓듯

네가 이렇게 후두둑 나를 적시고 가버릴 때는

우산도 없는 이럴 때는

어떻게 해야 할지 정말 모르겠다.

어쩌면

아직은 모른 채로 있고 싶다.

그렇게 네 생각을 맴돌다가 헤매기 일쑤지만

그래도, 언젠가는 나도 그치게 되겠지.

이 작은 소나기가

조금이라도 진정될 때까지

가슴을 토닥이며

나는 계속 걸었다.

외사랑

마음이
왜 이리 답답하고 아리는지
숨은
또 왜 이리 턱턱 막히는지

하고 싶은데 차마
다 하지 못한 말들이
턱밑까지 차올랐다.

꾹꾹 눌러 겨우 참아냈건만

이번엔 나를 툭 건드리는
그 한마디에
눈 밑까지 금세
다시 차올라버렸다.

허나 이것을 터트리면
나는 도저히 견뎌내지 못할 것 같아
먹먹하고 저릿한 마음을 머금은 채로
오지도 않는 잠을 계속 청했다.

왜 그런 것인지
무엇 때문인지는 나도 잘 모른다.

머리가 아픈 것도 같다가
목구멍 안쪽이 쓰라린 것도 같다가
눈앞이 흐려지고
귓가에 울리는 소리도 희미해졌고,
결국 연유도 모른 채
나는 다시 눈물을 머금어야 했다.

무엇이 그렇게 서러운지는
나도 모른다.

실체도 모르는 그것에
이렇게도 쉽게, 이렇게까지 아플 수 있는지
나도 이제야 알았다.

숨을 깊게 몰아쉬고
천천히 나를 다독여본다.

괜찮다. 다 괜찮다.

무엇이든 그게 어떤 것이든
다 괜찮다.
정말, 다 괜찮다.

실체도 모르는 그것에

이렇게도 쉽게, 이렇게까지 아플 수 있는지

나도 이제야 알았다.

처음엔 사랑이란 게

　사랑에 대한 영화를 보다 보면 뭔가 똑떨어지게 한마디로 사랑을 정의 내리고 싶은 욕심이 든다. 하지만 아직 사랑이란 것의 실체가 어떤 모습인지, 정확히는 잘 모르겠다. 드라마나 영화 속에나 등장하는 영원하고 바람직하고 로맨틱한 이야기들은 그저 판타지라서 가능한 걸까, 현실에서는 불가능한 걸까 싶어서 우울했다가도, 새로운 사랑이 찾아오면 눈치 없이 또 설레버리고 이번만큼은 정말 다르지 않을까 하고 다시 희망을 걸어보게 된다. 아프지 않고, 오래오래 행복하게 사는 그런 러브스토리를 꿈꾸면서.

　사랑에 이리저리 치이면서 차곡차곡 쌓인 나름의 기준이 있긴

하다. 좋아하는 것과 사랑하는 것은 확실히 뭐가 달라도 다르다. 단순히 좋아하는 건 당장에야 새로운 상대에 대한 호기심에 잠깐 설렐 수는 있겠지만, 그 설렘이 사랑으로 발전하기까지는 까다로운 심장의 심사를 거쳐야 한다.

사랑하면, 자꾸 해주고 싶다. 이기적인 타입이라 남에게는 작은 것 하나도 아깝던 내가 무언가를 내주어도 전혀 아깝지 않다. 없는 시간도, 체력도 어떻게든 만들어낸다. 뭐가 됐든 그가 웃으면 내가 더 좋아서 행복해지니까. 키다리 아저씨, 아낌없이 주는 나무 그런 것은 다 내 차지다.

또 죽도록 좋던 게 그 사람 한마디에 팍 식어버린다. 너무 좋아하지만 그럼에도 불구하고 그가 싫어하면 쿨하게 포기할 수 있다. 아무 때나 적용할 수 없는 이 '그럼에도 불구하고'가 그에게만큼은 언제든지 적용된다.

안 하던 짓도 하게 된다. 소심해서 통화하는 건 꺼리던 내가 그의 목소리가 듣고 싶어서 먼저 통화하자고 조르고 있다. 남들이 들으면 별로 특별하지도 대단하지도 않을 얘기가 그의 목소리로 그의 말투로 듣고 있으면 왜 이렇게 재밌고 즐거운지, 뜨거워지는 전화기를 붙잡고 시간 가는 줄 모른다. 내가 이런 사람이었나, 이렇게까지 할 수 있구나 하는 것들투성이다. 자꾸만 나의 새로운 면모를 발견하게 되고, 스스로에게 놀라고 신기해하는 날들의 연속이다.

그리고 그의 마음이 믿어볼 만한 것인지에 대해서도 어느 정도 기준이 생겼다.

사랑하면 헷갈리게 두지 않는다. 1분 1초가 아까운데 얼른 티가 나기 바쁘지, 숨기기에 바쁘지 않다. 나를 좋아하나? 말고, 나를 좋아하는구나! 하고. 설령 감추려고 해도 모른 척하려고 해도 마음이 여기저기로 삐져나온다. 그래서 서로가 용기를 낼 수 있게 이끌어준다. 덕지덕지 길어지는 변명이나 화려한 미사여구 같은 것 없이도, 심플하고 직관적으로 서로에게 마음이 가 닿는다. 오죽하면 재채기와 사랑은 숨길 수 없다는 말이 있을까.

그래서 어찌어찌 연애가 시작되면, 나는 무조건 올인하는 타입이다. 그리고 최선을 다해서 사랑한다. 사랑에 최선을 다한다는 말이 이상하게 들릴 수 있겠지만, 여태 몇 안 되는 연애를 통해서 얻은 교훈이 딱 그랬다. 그저 마음이 이끄는 대로 가버리면, 이 사랑이

다할 때까지(상처를 받고 또 받아서 다시는 도저히 사랑할 힘이 생기지 않을 때까지) 마음을 주고 나면 후회나 미련 같은 건 없었다. 구질구 질하게 술에 취해 전화를 한다거나, 자니? 라고 메시지를 보낼 일도 없다. 그래서 이 방법은 제일 쉬우면서도 조금 속상하지만 결국엔 나를 위해서 가장 좋은 방식이다.

사실, 나는 내가 이럴 줄 진작 알았다. 전에 사주를 보는 프로 그램에서 한번 빠지면 아주 흠뻑 빠지는 스타일이라고 풀이해주기 도 했지만, 어쨌든 뜨거움은 나의 디폴트값이니까.

시작이 어렵지, 한번 시작했다 치면 정말 나는 그의 모든 것을 사랑한다. 평소에 싫어했던 것도 그가 하면 다 용서가 되고, 남들은 주책이라고 해도 내가 좋으면 그만이기에, 그가 옆에 없는 시간에 도, 그가 옆에 있을 때는 더욱더, 그를 사랑한다. 머리부터 발끝까지 정말 그의 모든 것을, 처음부터 끝까지 그의 모든 순간을 진심을 다 해 사랑한다. 너무 좋아죽겠을 때는 막, 하루에 몇 번도 더 사랑한다 고 말해버린다.

물론, 그의 모든 것을 사랑스러워했기에 거기서 빠져나와야 할 때는 남들보다 더 많은 것들을 잊어야 하는지도 모른다. 그의 의미 없는 고갯짓, 가지런한 손톱, 걸음걸이, 실없는 농담까지 별걸 다 사랑했으니까. 하지만 단언컨대 마음껏 돌진했던 마음들을 그대로 떠나보내는 것은 이것저것 재고 따지느라 아끼고 주저했던 순간들을 후회하는 일보다는 훨씬 쉽다.

사랑이란 도대체 무엇이길래, 이토록 어렵고, 무섭고, 아프고, 낯설고도, 또 행복하고, 아름답고, 위대하고, 무한한 그 모든 가능성을 갖고서 우리를 쥐락펴락하는 건지.

실체도 명확하지 않아서 다들 목을 매다가도 한순간에 사라져 버리고, 정답도 없고, 모범 답안이 되는 것도 하늘의 별따기이지만, 그럼에도 불구하고, 계속 사랑을 하는 편이 좀 더 낫지 않을까 싶다.

이런저런 모습의 사랑을 해보아야 나도 몰랐던 나의 이런저런 모습을 만나서 더 나은 나로 성장할 수 있을 거라 생각한다. 좋은 사람이 되면, 좋은 사람을 알아보는 눈도 당연히 생길 것이고, 서툴기만 했던 일들에 더 현명한 대응법을 찾을 것이다. 그러다 보면 언젠가는 동화 속에나, 소설 속에나 나올 법한 그런 러브스토리의 주인공이 되어 '오래오래 행복하게 살았답니다' 하는 로맨틱한 결론을 만나볼 수 있지 않을까.

지금의 내가 아니었다면, 지금의 니가 아니었다면,

우리는 그저 스쳐 지나가는 사이가 되었을지도 모를 일이다.

당신이 힘냈으면 좋겠지만, 힘내지 않아도 괜찮다.

괜찮았으면 좋겠지만, 괜찮지 않아도 괜찮다.

아무것도 하지 않은 채로 그저 버티고만 있다고 해도,

그것만으로도 아주 잘하고 있는 거니까.

힘내지
않아도
괜찮아

part 5

기념일 러버

    나는 특별한 날을 특별하게 보내는 것을 좋아한다. 아니 그냥 지나칠 법한 날도 특별한 의미를 부여해 기념일로 만들어버린다. 주인공, 나의 날, 그런 말들이 주는 행복하고 무언가 특별한 사람이 된 것 같은, 그러니까 선택받은 듯한 그 느낌이 좋다.

    그래서 스무 살이 되는 해 첫날에 별을 보러 갔고, 멤버들이 완전체로 모인 날을 기억하고 메시지를 보내기도 했으며, 블링이와 달링이의 생일엔 소소하게 파티를 열기도 했다. 한번 지나고 나면 다시 돌아오지 않는 특별한 날들을 살뜰하게 챙겨주어야 행복한 인생을 살고 있다는 안도감이 든달까.

오죽하면 초등학교 때는 방학식 전날이 되면 반 친구들에게 내일 파티를 할 거니까 과자를 챙겨오라고 당부했다. 그리고 몇몇 친구들을 설득해 직접 춤을 가르쳐서 선생님께 서프라이즈 무대를 열어드리곤 했다. 누가 시키지도 않았고, 반장도 아니었고, 나를 엄청 아껴준 선생님도 아니었는데 말이다. 그렇지만 인생에 한 번뿐인 날이니까! 다시는 안 오는 날이니까! 그냥 지나칠 수 없다. 처음으로 좋아하게 된 영어단어마저 'special'이다.

바쁜 스케줄에 지쳐 특별한 날이 간절해지던 때, 다이어리를 살펴보다 둘도 없는 친구의 생일이 눈에 띄었다. 데뷔하고 한동안 못 만나다 몇 년 만에 만나서 함께 맞는 생일이니까! 제대로 즐겨보자 약속을 잡고, 그날만 기다리며 스케줄을 소화해냈다. 하지만 기쁨도 잠시, 아니나 다를까 친구 생일에 스케줄이 잡혔다. 고대하던 나의 special은 허무하게 사라져버렸다. 너무 속상해서 친구에게 인생에 한 번뿐인 올해 생일을 챙겨주지 못해 미안하다는 말을 몇 번이나 했다. 하지만 정작 친구는 쿨하게 대답했다.

"괜찮아. 어차피 오늘도 지나가면 다신 안 오는 날인데 뭐. 다음에 만나면 되지."

아? 그러네? 천잰데? 아니 난 왜 그런 멋있는 생각을 여태 한 번도 못 했을까? 이 기념일 러버가. 친구의 그 말이 아니었다면, 나는 인생에 있어서 다시는 오지 못할 우리의 기념일을 함께 축하하지 못한 슬픔에 몇 날 며칠을 허비했을 거다.

사실은 우리가 보내는 매일이야말로 지나고 나면 다시는 오지 못할 순간들이다.

고로 우리의 하루하루는 365일 기념일의 연속이고, 잊지 못할 1분 1초가 쌓이고 있는 거다. 2012년 6월 4일도, 2019년 10월 31일도, 2025년의 어느 날도, 그리고 지금도. 모두 인생에 한 번뿐인 소중한 시간들로 채워지고 있다.

그 깨달음으로 인해 다이어리에 하루걸러 하나씩 하트 스티커가 붙는 프로 다꾸러의 길을 걷게 됐지만, 내가 앞으로 지낼 모든 순간이 특별해졌음은 분명하다. 1분 1초, 모조리 싹 다 특별하니까 최선을 다해서 소중하게 대한다. 나를 감싸고 있는 공간, 온도, 소리, 향기, 촉감, 스쳐가는 감정들까지, 느낄 수 있는, 느껴지는 모든 감각을 이용해서.

그저 그런 날이라고 해도 헛되지 않았다.

오늘은 인생에 한 번뿐인 날, 그것만으로도 충분히 특별했다.

괜히 우울해져 다이어리에 보라색 스티커를 붙여주고 슬픈 영화를 보며 마음을 다독여주는 날. 온몸이 지쳐 집에 틀어박혀서 그저 아무것도 안 하는 날. 날씨가 좋은 것만으로 기분 좋아 마냥 행복한 날. 그저 그런 날이라고 해도 헛되지 않았다. 오늘은 인생에 한 번뿐인 날, 그것만으로 충분히 특별했다.

드라마 '도깨비'의 명대사가 떠오른다.

"날이 좋아서, 날이 좋지 않아서, 날이 적당해서 모든 날이 좋았다."

그렇게 소심하던 기념일 러버는 내 인생 모든 순간을 사랑할 줄 아는 통 큰 올타임 러버가 됐다.

괜찮아, 다 괜찮아

"누가 그러더라. 세상에서 제일 폭력적인 말이 남자답다, 여자답다, 엄마답다, 의사답다 뭐 그런 말이라고. 그냥 다 처음 살아보는 인생이라서 서툰 건데. 그래서 안쓰러운 건데. 그래서 실수 좀 해도 되는 건데……"

내가 좋아하는 노희경 작가님의 드라마 '괜찮아, 사랑이야'에서, 한 정신과 의사가 했던 얘기다. 무심코 드라마를 보다, 이 대사를 듣고는 코끝이 찡해졌다. 예상치도 못한 시점에서 덜컥 위로를 받았달까. 모든 이를 안아줄 수 있는 어른스러운 대사였다. 가끔씩 드라마는 그렇게 인생의 버팀목이 될 만한 큰 메시지들을 던져주곤

한다.

여태 무언가를 얻으면 그에 따르는 책임을 져야 한다고 배워 왔다. 당연한 얘기지만 그래서 실수를 했을 때, 그게 누가 됐든 우리는 필요 이상으로 서로를 나무라기도 한다. 생각해보면 원래 타고난 것처럼 잘하는 사람이 얼마나 된다고. 다들 서툴고 배울 시간이 필요하고, 하물며 긴장하면 평소엔 쉬웠던 것도 어렵게만 느껴지는데 말이다.

저 대사를 처음 들었을 때는 가장 먼저 부모님이 생각났다. 회사에는 인턴 생활이라도 있지, 부모는 예비 과정도, 선생님도 없이 바로 부모가 된다. 그런데도 부모는 부모니까, 언제든 나를 잘 키울 준비가 돼 있어야 한다고 생각했었다. 항상 나보다 어른스럽게, 뭐든 능숙해야 하고, 나를 이해해줘야만 한다고. 내가 어려운 상황에 부닥치면 척척 해결책을 제시해줘야 한다고. 세상이 '모성애, 부성애'라는 숭고한 이름으로 부과하는 슈퍼맨을 능가하는 그 무언가를 나도 요구해왔던 것이다.

엄마, 아빠에게 미안해졌다. 그리고 이 세상의 엄마로, 아빠로, 자식으로, 여자로, 남자로, 다양한 이름으로 살아가는 모든 사람이

사실은 실수 좀 해도 되는 건데. 좀 부족해도

조금씩 성장해나가고 그러면 되는 건데.

안쓰러웠다. 다들 처음 살아보는 인생이라 기대나 설렘보다 두려움이 더 클지도 모른다. 어쩌면 나조차도 그런 두려움들은 억지로 외면한 채로 스스로를 늘 특별한 무엇인가가 되어야 한다고 압박하며 괴롭히기만 한 건 아니었을까.

다들 저 드라마 속 대사처럼, 나로서 살아가는 것조차 매 순간이 처음이라 서툴고, 힘든 건데. 그래서 사실은 실수 좀 해도 되는 건데. 좀 부족해도 조금씩 성장해나가고 그러면 되는 건데.

우리 모두, 여자답지 않아도 남자답지 않아도 엄마답지 않아도 아빠답지 않아도 나답지 않아도, 그 아무것도 아니어도 괜찮은 게 아닐까. 정말 다 괜찮은 거 아닐까.

나무와 갈대 사이

10대 때 나는 스스로를 아주 단단하고 뿌리 깊은 나무라고 표현하고 다녔다. 그때는 오로지 앞만 보고 달려나가는 뚝심으로 무장된 365일 24시간이었다. 좌우명마저도 "오늘 달리면 내일 걸을 수 있다"였다. 물론 걸을 수 있는 내일은 아직 오지 않았다며 계속 달리기만 하는 에너자이저였지만, 그런 나의 우직함, 열정, 끈기가 꼭 뿌리 깊은 나무와 닮아 있어서 스스로가 퍽 자랑스러웠다.

가끔씩 거울을 볼 때면 내 눈에서 막 반짝반짝 빛이 났다. 예쁘고 귀엽고 하는 그런 느낌을 말하는 게 아니다. 정말 무언가에 집중하고 열심히 노력하고 그 속에서 재미를 느낄 때만 보이는 말 그대로의 초롱초롱함이 있다. 어린 내가 보기에도 그 눈빛은 꽤 신기하고 맘에 들었다. 별을 박아놓은 것만 같은 내 눈빛을 자꾸 보고 싶어서 일부러 무언가에 더 집중하기도 했다. 드라마 속 주인공이라도 된 것처럼 바쁘게 살면서 행복함을 느끼는 나 자신에 취해.

캔디처럼 열심히 달려가던 열아홉 살, 세 번이나 엎어졌던 데뷔가 다시 한번 무산되었다. 이번엔 정말 꿈을 이룰 수 있을 것 같았는데 손 내밀면 닿을 것 같던 데뷔는 코앞에서 또 달아나 버렸다. 그리고 그해 여름에는, 같이 연습하던 언니들이 하나둘 다른 회사로 떠났고, 다른 팀으로 데뷔하기 시작했다. 소속사가 재정적으로 힘들어져서 데뷔를 앞둔 다른 팀으로 우리를 하나둘 연결해준다는 거였다. 우리의 꿈을 위해 기꺼이 다른 곳으로 보내주신다니 너무 감사했지만, 언니들을 다 보내고 회사에 제일 마지막까지 남아 있는 건 나였기에 나는 그저 앞날이 캄캄하기만 했다. 이런 게 실패라는 것인가. 단단한 나무였던 나는 그 충격으로 하루아침에 무너져내렸다. 멋지게 뿌리를 깊숙이 내리고, 풍성한 잎을 자랑하던 거대한 나무가 참 쉽게 두 동강 난 것이다.

내가 그간 나무로 살 수 있었던 원동력 중 하나는, 열심히 하면

한 만큼 보답을 받는다는 경험치였다. 공부한 만큼 성적이 나오고, 연습한 만큼 실력이 늘고. 알바를 하면 한 만큼 돈을 받고. 여태 부딪쳐온 인생은 그렇게 간명했다. 하지만 이번엔 달랐다. 노력한 만큼의 결과가 따르지 않을 때도 있었던 것이다. 그런 일은 내 인생 사전엔 없었는데 말이다.

노력과 결과가 비례하지 않을 때가 있다는 사실을 받아들이기까지 꽤 많은 시간이 걸렸다. 그리고 그런 상황에서는 나무 같은 우직함이 오히려 방해가 되거나 상처가 될 수 있다는 사실도. '갈대는 휠지언정 꺾이지 않는다'라는 말이 다만 말장난이 아니라 내가 새겨들어야 할 말이라는 걸 알게 되기까지 나는 여러 차례 다시 부러졌고 힘들어했다.

몇 번의 시행착오 끝에 나는 갈대처럼 살기로 마음먹었다. 곧바로 순정 갈대가 되기에는 이미 20년 가까이 나무처럼 살아와서 진입장벽이 너무 높았기에, 어느 정도의 단단함과 유연함을 동시에 가질 수 있는 나무와 갈대 사이 그 어디쯤으로 타협을 봤다. 그 이후로 적어도 실패를 만났을 때 두 동강 나서 무너져버리는 경우는 없었다. 갈대처럼, 이리저리 흔들리고 풍파를 겪어내고도 다시 중심을 잡고 바람을 탄다.

사실 이제는 안다. 노력한 만큼 결과가 따르지 않는 것이 아니라 조금 오래 걸릴 때도 있을 뿐이라는 것을. 다 어중간한(?) 마음 상태 덕분에 얻은 깨달음이다.

나무와 갈대 사이 그 어딘가. 당신에게도 추천한다. 이곳은 꽤 괜찮다.

내성적인 그대

나는 고민 상담해주는 일을 좋아한다. 나의 뇌 구조로는 갖지 못했던 시선으로 세상을 바라보고, 거기서 느낀 바를 공유하면서 서로가 시야를 더 넓힐 수 있으니까. 그 상대가 내가 아끼는 사람이라면 더더욱 그렇다.

팬카페 운영자분들과 회사 도움 없이 직접 팬미팅을 계획할 당시, 고민 상담 코너를 떠올렸던 것도 그 때문이었다. 갑작스러운 공백기로 데뷔 이래 처음으로 오랜 시간 팬들과 만날 수 없었던 때였고, 무엇이든 도움이 되는 것을 해주고 싶었다.

다양한 고민들이 도착했고, 하나하나 읽어가던 중에 유독 쓰다듬어주고 싶은 이야기가 있었다.

"나이도 적지 않고 미래도 불안한데, 시간이 지날수록 누군가를 만나기가 어렵고 위축되는 것 같아 고민입니다. 원래 성격 자체도 내성적이어서 더 고민인데, 어떻게 하면 좀 활발해질 수 있을까요?"

만약 내가 당시에 '내성적인 보스'라는 드라마를 찍고 있지 않았다면, 그의 고민에 성격이 활발해질 수 있는 방법만을 집중해서 알려주려고 했을 거다.

제목 그대로 '내성적인 보스'에 관한 이야기인 그 드라마에서 내가 맡았던 캐릭터는 내성적인 성향의 '김교리'로, 외향적인 사람들과 상반되고 많이 부딪치는 인물이었다.

어릴 때는 나도 낯을 꽤 많이 가렸다. 그러다 연예계 활동을 하면서 차츰 외향적인 성향이 더해졌는데, 그러다 보니 내가 한 말로 인해 상대방이 상처를 입지는 않을까 고민은 많이 하지만, 결국 할 말을 하지 않으면 못 견디는 성격으로 자리를 잡았다. 그래서 사실 처음엔 '교리'가 답답했다. 좀 더 주체적으로 생각하고, 하고 싶은 말은 좀 하고! 아, 이렇게 말도 못 하고 살아가는 건 너무 손해 보는 거 아냐? 연기하면서 자꾸만 튀어나오려고 하는 외향적인 '본캐'의 애드리브를 자제하느라 속병이 날 것 같았다.

그러기를 몇 개월, 다음 회차 촬영을 기다리며 받은 대본에 이런 대사가 있었다.

> "누구나 자기감정에 솔직할 수 있는 거 아니에요. 당당해지라고, 자신감 가지라고 참 쉽게들 말하는데요. 그것도 들어주는 사람 있을 때나 가능한 거예요. 나한텐 아무도 귀 기울여주지 않거든요"

이 대사에 왠지 모르게 울컥했다. 아니, 내성적인 사람들의 처지와 심리 상태가 고스란히 느껴져서 더욱 서럽게 다가왔다.

나는 항상 내성적인 사람들에게 자신감 갖고 솔직하게 얘기해! 뭐가 그렇게 어려워! 라고 쉽게 말하는 쪽이었다. 그런데 생각해보면 그것도 정말 들어주는 사람이 있을 때나 가능한 일이다.

내성적인 사람들이 바보 같아서 이야기를 들어주기만 하거나 의견을 내지 않는 게 아니다. '내가 말한 의견에 반대하는 누군가가 있지는 않을까, 나도 하기 싫은 일을 할 때는 기분이 나쁜데 내 의견 때문에 누군가 하기 싫은 것을 하게 되지는 않을까' 싶어 차라리 내가 조금 참고 말자 할 뿐이다. 배려하고 역지사지로 생각하고 감정 이입을 잘하는, 오히려 섬세한 사람들인 것이다. 문제는 그렇게 배려하다 보면, 내성적인 사람들의 의견은 살짝 무시해도 괜찮다는 암묵적인 분위기가 생긴다는 점이다. 그러면 굳이 긁어 부스럼 만들고 싶지 않은 평화주의자는 또 그냥 의견을 따르게 되고, 악순환이 시작된다.

교리는, 또 내 주변의 내성적인 지인들은 얼마나 힘들었을까.

저 대사는 상황상 조금 덤덤하고 씁쓸하게 내뱉어야 했다. 그런데 자꾸 저 대사를 할수록 내성적인 나의 얘기는 귀담아 들어주지 않으면서 참 쉽게도 당당하게 의견을 얘기하라고 말하는 사람들에게 둘러싸인 교리의 처지가 너무 서러워서, 자꾸만 대성통곡이 되어버렸다. 결국 몇 번의 NG 끝에 벌건 눈으로 대사를 마쳤던 기억이 난다.

교리에게 배운 나는 그 팬에게 이렇게 말했다.

"내성적인 게 나쁜가요? 외향적인 건 꼭 좋은가요? 아마 이 세
상에 모든 사람이 다 외향적이라면 세상은 참 시끄러울 거예요. 내
성적인 건 장점도 있어요. 그만큼 섬세하고 배려심이 깊어요. 그래
서 오히려 침묵할 때 나오는 카리스마도 있는 것 같아요. 부드러운
카리스마! 빈 수레가 요란하다고 하잖아요. 굳이 나를 바꾸려고 스
트레스 받지 말고, 나의 모습 그대로 내성적인 사람과 외향적인 사
람이 서로 어우러져서 잘 지내면 좋을 것 같아요."

나의 진심이 그에게 잘 닿았기를 바라본다.

존버는 승리한다

당신이 힘냈으면 좋겠다.

그렇지만 힘내지 않아도 괜찮다. 가끔은 아무리 힘을 내려고 안간힘을 써봐도, 힘이 나지 않을 정도로 힘이 무거워질 때가 분명히 있으니까. 그래서, 다른 사람의 고통이나 상처에 대해 함부로 가늠하거나 평가해서는 안 된다. 지극히 개인적이고 상대적인 문제라 타인의 것과 그 정도가 같거나 비슷할 수가 없기 때문이다.

아무리 힘을 내보려고 해도, 도무지 힘이 나지 않는 때가 나에게도 가끔씩 찾아온다.

그럴 때는, 억지로 괜찮으려고 애쓰지 않는다. 눈물겨운 힘듦이 다 지나갈 때까지 내 마음이, 내 몸이 말하고 있는 이 각종 부림들을 무시하지 않고 잘 들어준다. 애써서 질질 끌고 가다가 결국 여러 번 탈이 났었다.

그 시간들을 자책으로 다 채우기보다는, 이왕 힘이 나지 않는 거 제대로 힘을 내지 않아 보는 거다. 그럴 때는 그냥 우울함이랑 친구를 먹는다. 우울함, 무기력함, 지침 이런 것들이 실컷 내 마음과 몸뚱어리에서 난리를 부리다가 지쳐서 흥미를 잃고 멀리 가버릴 때까지 그냥 한번 같이 놀아본다. 그것들을 놀게 내버려두면, 그리고 같이 놀아보면 그 실체가 별것 아니었고, 가끔은 너도 필요하구나, 네가 온 데에는 다 나름 이유가 있었구나 하면서 그것들을 이해하게 된다. 슬퍼질 땐 슬픔이랑 손 붙잡고 맘껏 울면서 청승도 좀 떨어보고, 화가 날 땐 미운 점을 일기장에 빼곡히 써 내려가면서 머리끝까지 미워도 해보고, 모든 게 무미건조할 때는 재밌는 영화를 보면서 생각 없이 막 웃어버린다. 그러면 어느새 걱정, 고민, 슬픔, 화, 우울 그런 부류의 것들은 사라져버리거나 적어도 아주 작아져 있다.

거창하게 '위로'라고 포장된 타인의 걱정은 부피만 크고 무게는 없을 때가 더 많다. 꼭꼭 숨겨진 진심의 거대한 포장지들을 뜯는

결국 나를 위로하고 걱정하고 달래주어야 할 사람,

그러기를 기대해도 될 사람은 나다.

데만 시간을 다 빼앗기고, 안 그래도 힘든 나는 더 지치고 만다. 그래서 오히려 슴슴하고 군더더기 없는 말 한마디가 더 따뜻하게 진짜로 와닿을 때가 있는가 보다.

결국 나를 위로하고 걱정하고 달래주어야 할 사람, 그러기를 기대해도 될 사람은 나다.

존버는 승리한다고 했다. 너무 지쳐서 나다운 것도 모르겠고, 그냥 힘들어죽겠다 싶을 땐, 그저 버티기만이라도 해준다면 할 도리는 다했지 싶다. 그러면 하늘도 기특해서 한 번쯤은 기회를 꼭 만나게 해주지 않을까. 그래서 인생이 재밌는 거고, 사람 일은 모르는 거라고, 끝날 때까지 끝난 게 아니라고들 하는 거 아닐까.

누구에게나 꼭 온다는 그 타이밍이란 건 직접 맞닥뜨리기 전엔 언제 올지 아무도 모른다. 하느님도 모를 거다. 언제 어디에서, 어떤 모습으로 '럭키세븐'을 만날지 모르는데, 이왕 태어난 거 그런 어마무시한 행운이 와서 나를 얼마나 벅차오르게 감동시킬지 내 눈으로 직접 확인하고 다 느껴봐야 하지 않을까.

그러니까 그때까지만 한번 버텨보는 것도 꽤 괜찮을 것 같다. 그러니 부디 누구보다 나를 안아주는 일을, 나랑 놀아주는 일을, 나를 들어주는 일을 소홀히 하지 않았으면 한다.

당신이 힘냈으면 좋겠지만, 힘내지 않아도 괜찮다.
괜찮았으면 좋겠지만, 괜찮지 않아도 괜찮다.
아무것도 하지 않은 채로 그저 버티고만 있다고 해도,
그것만으로도 아주 잘하고 있는 거니까.
그저 아무 탈 없이 잘 있어주기만을 바란다.

누구보다 나를 안아주는 일을, 나랑 놀아주는 일을,

나를 들어주는 일을 소홀히 하지 않았으면 한다.

나의 앞날을, 모든 순간을

기꺼이 있는 그대로 사랑하리라.

아모르 파티

열아홉 살 연습생 때, 소속사 이사님은 각자의 캐릭터를 두고 이런저런 얘기를 해주셨다. 사랑받는 셀럽의 타입은 크게 두 갈래로 나뉜다. 캐릭터 자체로 매력이 넘쳐서 사랑을 받는 타입과, 거쳐 온 삶, 인생사로 누군가에 희망이 돼서 사랑받는 타입. 그러면서 나는 후자 쪽이랬다. 빼어난 능력이나 훤칠한 비주얼보다는 열심히 하는 모습, 힘들어도 희망을 잃지 않고 버텨내는 순간들이 누군가에게 희망을 줄 것이고 그로 인해 사랑받을 수 있을 거라고.

실제로 내가 이 직업을 택한 이유도, 누군가에게 위로와 희망과 즐거움과 에너지를 주고 싶어서가 가장 컸다. 그리고 이 책 역시 나의 별것 없는 이야기들이 누군가에게는 심심한 위로를, 따뜻한 희망을, 피식하는 즐거움을, 내일을 버텨낼 에너지를 건넬 수 있었으면 좋겠다.

거창하지 않더라도 상관없다. 이제 나도 대단한 것에 집착하지 않는다.

사소한 것, 작은 것, 그저 일상의 소중함이 훨씬 가치 있다고 믿는다. 그 소소한 것들은 뒤돌아보면 촘촘히 쌓여 진짜 나를 만들고 있다. 그래서 버릴 것이 하나도 없다. 작은 것들을 놓치지 않고 싶다. 큰일을 배포 좋게 다룰 줄 알면서도, 작은 호의를 지나치지 않고 살뜰하게 감사할 줄 아는 그런 섬세한 사람이 되고 싶다는 말이다.

사실 이런 생각을 확고하게 완성시켜준 건, 다름 아닌 우울할 때 내 인생곡이었던 김연자 선생님의 〈아모르 파티〉다.

도대체 인생이 뭘까, 산다는 게 뭘까, 지금 괜찮은 걸까, 정말 맞는 걸까, 그 모든 것의 기준은 뭘까, 다 틀린 것 같아서 허무해지려고 할 때 이 곡을 접했다. 작년부터 역주행에 성공해서 제2의 전성기를 누리고 계신 김연자 선생님의 사연까지 듣고 나니, 이 곡이 더욱 설득력 있게 다가왔다.

Amor fati; 자신의 운명을 사랑하라.

그 뜻에 걸맞게 가사도 일품이다.

"자신에게 실망하지 마 모든 걸 잘할 순 없어.
오늘보다 더 나은 내일이면 돼.
인생은 지금이야.
나이는 숫자, 마음이 진짜.
가슴이 뛰는 대로 하면 돼."

뭣 모를 때라면 흔한 얘기라 여겼겠지만, 지금은 알 수 있다.
저건 결코 그냥 나오는 바이브가 아니다.

인생을 너무 심각하게 대하지 않으면서도 즐길 줄 아는 노랫
말 속 주인공의 태도는 정말 탐이 난다. 덤으로 사운드마저도 대책
없이 신이 나서 어깨를 한번 들썩이고 나면 멈출 수 없을 정도로 중
독성이 강하다.

에필로그

이 노래를 들으면서 그냥 웃어버리고 내 어깨를 축 처지게 만드는 힘듦을 홀홀 털어내며 생각했다.

나의 앞날을, 모든 순간을 기꺼이 있는 그대로 사랑하리라.

이 책을 읽고 있는 누군가, 그리고 그 누군가의 모든 앞날, 모든 순간, 모든 운명이 있는 그대로 사랑받으며 아름답게 빛나기를 진심으로 바란다.

2020년 여름

전효성

나도 내가 처음이라

초판 1쇄 발행　2020년 7월 17일
초판 5쇄 발행　2020년 7월 31일

지은이　전효성

편집인　이기웅
책임편집　주소림
편집　이경란, 곽세라, 김혜영, 한의진
디자인　최윤선, 정효진
책임마케팅　정재훈, 김서연
마케팅　유인철
경영지원　김희애
제작　제이오

펴낸이　유귀선
펴낸곳　㈜바이포엠
출판등록　제2020-000145호(2020년 6월 9일)
주소　서울시 마포구 와우산로29마길 27 3층
이메일　odr@studioodr.com

ISBN　979-11-970230-4-0 (03810)

스튜디오 오드리는 ㈜바이포엠의 출판브랜드입니다.

이 도서의 국립중앙도서관 출판예정도서목록(CIP)은 서지정보유통지원시스템 홈페이지(http://seoji.nl.go.kr)와 국가자료종합목록 구축시스템(http://kolis-net.nl.go.kr)에서 이용하실 수 있습니다.
(CIP2020027851)